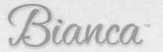

Bianca™

DISCARD

D0288124

Un verano tormentoso
Penny Jordan

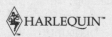

HARLEQUIN™

Editado por HARLEQUIN IBÉRICA, S.A.
Núñez de Balboa, 56
28001 Madrid

I.S.B.N.: 978-84-9000-003-8
Depósito legal: B-11770-2011
Editor responsable: Luis Pugni
Preimpresión y fotomecánica: M.T. Color & Diseño, S.L.
C/ Colquide, 6 portal 2 - 3º H. 28230 Las Rozas (Madrid)
Impresión en Black print CPI (Barcelona)
Fecha impresion para Argentina: 5.12.11
Distribuidor exclusivo para España: LOGISTA
Distribuidor para México: CODIPLYRSA
Distribuidores para Argentina: interior, BERTRAN, S.A.C. Vélez
Sársfield, 1950. Cap. Fed./ Buenos Aires y Gran Buenos Aires,
VACCARO SÁNCHEZ y Cía, S.A.
Distribuidor para Chile: DISTRIBUIDORA ALFA, S.A.

Capítulo 1

FELICITY.

No había sentimiento alguno reflejado en la voz del aristócrata español, alto y moreno, que la dominaba con la mirada desde su más de metro ochenta de estatura. No había bienvenida de ninguna clase. Sin embargo, incluso sin la desaprobación y el desprecio que Felicity notaba en su expresión, sabía que Vidal Salvador, duque de Fuentualba, jamás se alegraría de la presencia de ella allí, en su madre patria, que en cierto modo era también la de ella, dado que su difunto padre había sido español.

Español y, por añadidura, tío adoptivo de Vidal.

Felicity había necesitado de todo su valor y de muchas noches sin dormir para ir a España, aunque no iba a dejar que Vidal se enterara de eso bajo ningún concepto. No le pediría amabilidad alguna, dado que sabía que él no se la daría. Ya tenía pruebas de ello.

El pánico se le apoderó del estómago, acelerándole el corazón y el pulso al mismo tiempo. No debía pensar en eso y mucho menos en aquel instante, cuando necesitaba toda su fuerza. Sabía que todo su empuje se disolvería como si fuera un espejismo en el calor del sol de Andalucía si permitía que todos aquellos horribles y vergonzosos recuerdos salieran a la superficie y que se formaran aquellas repugnantes imágenes en el interior de su cabeza.

Fliss jamás había echado más de menos el reconfortante apoyo y amor de su madre o el valor que le inducía la presencia de su trío de amigas que en aquella ocasión. Sin embargo, ellas, como su madre, ya no formaban parte de su vida. Podrían estar vivas, y no muertas como su madre, pero sus trayectorias profesionales las habían llevado a lugares muy distantes del mundo. Sólo ella había permanecido en su lugar de nacimiento, del que era directora de Turismo, un trabajo de mucha responsabilidad que le exigía un gran esfuerzo.

Un trabajo que significaba que estaba demasiado ocupada para tener tiempo de construir una relación especial con un hombre.

Tener tales pensamientos era como morder el nervio de un diente. El dolor que se experimentaba era inmediato y muy agudo. Era mucho mejor pensar por qué había decidido utilizar parte de los días libres que había ido acumulando a lo largo de mucho tiempo para desplazarse a España cuando la realidad era que el testamento de su padre podría haberse resuelto fácilmente en su ausencia. Eso era ciertamente lo que Vidal hubiera preferido.

Vidal.

Ojalá tuviera el valor de liberarse de su propio pasado. Ojalá no estuviera encadenada a ese pasado por medio de una vergüenza tan profunda, que le resultaba imposible escapar de ella. Ojalá... Había tantos ojalás en su vida, la mayoría de ellos causados por Vidal.

En medio de la concurrida terminal a la que había llegado, Vidal dio un paso hacia ella. Inmediatamente, Felicity reaccionó. Su cuerpo se tensó de pánico y de ira. El cerebro se le paralizó de tal modo, que no pudo ni hablar ni moverse.

Habían pasado siete años desde la última vez que lo vio, pero ella lo había reconocido inmediatamente. Era imposible no hacerlo cuando los rasgos de él estaban tan profundamente grabados en sus sentimientos. Tan profundamente que las heridas causadas aún no habían curado. Fliss se dijo que todo esto era una tontería. Vidal ya no tenía poder alguno sobre ella. Por eso estaba allí, para demostrárselo.

–No había necesidad alguna de que vinieras a buscarme –le dijo, obligándose a levantar la cabeza para mirarlo a los ojos. Los ojos que, en el pasado, la habían mirado de un modo que habían destruido por completo su orgullo y el respeto por sí misma.

Sintió de nuevo un nudo en el estómago al observar el altivo y aristocrático perfil de un hombre demasiado guapo y demasiado arrogante. La boca de Vidal reflejó un gesto de desdén al mirarla. El sol de media tarde se le reflejaba en el oscuro cabello. Felicity no era una mujer baja de estatura, pero tenía que levantar bien la cabeza para mirarlo a los ojos. Sus ojos azules adquirieron un tono violeta al encontrarse con la mirada que los de él le estaban dedicando.

A pesar de estar cansada por el viaje y del calor que tenía, resistió la tentación de recogerse la espesa melena rubia. Notaba que se le estaba empezando a rizar alrededor del rostro, dejando en nada el esfuerzo que ella había hecho para darle una lisa y elegante apariencia. Por supuesto, su aspecto jamás podría competir con la verdadera elegancia de las mujeres que siempre rodeaban a Vidal. A Felicity le gustaba la ropa informal e iba vestida con un par de vaqueros y una camiseta de algodón. La chaqueta que había llevado puesta antes de embarcar en el Reino Unido había desaparecido en el interior de su equipaje de mano.

Vidal frunció el ceño. Su mirada se había visto atraída inexorablemente a la sensualidad natural de aquel cabello rubio, lo que le recordó a la última vez que lo vio. El cabello de Felicity, como su cuerpo, había estado extendido sobre el colchón de su cama, disfrutando de las deliciosas atenciones del muchacho que la había estado acariciando antes de que Vidal y la madre de ella interrumpieran aquella ilícita intimidad.

Muy enojado, apartó la mirada de ella. La presencia de Felicity ni era deseada ni había sido requerida por nadie. Su moralidad era una afrenta para todo lo que él creía. A pesar de todo, no podía dejar de reconocer que había algo más. Había sido testigo de la sensualidad de su rostro, había visto el modo en el que ella, con sólo dieciséis años, era ya una seductora experimentada y le había restregado aquella sensualidad por el rostro, sin vergüenza alguna. Ese hecho debería haberlo llenado exclusivamente de repulsión, pero, muy a su pesar, había experimentado una tórrida oleada de deseo que había dejado una profunda marca en él y cuyas brasas jamás se habían apagado por completo.

Fuera lo que fuera lo que ella le había hecho sentir, jamás podía permitir que volviera a habitar en su corazón.

Felicity se dijo que no debería haber ido a España sabiendo que tendría que enfrentarse con Vidal. Sabía muy bien lo que él pensaba de ella y por qué. Sin embargo, tenía que hacerlo. ¿Cómo podría haberse negado a sí misma la última oportunidad que tenía de saber algo del hombre que la había engendrado?

Al contrario de ella, Vidal tenía un aspecto impecable a pesar del calor. El traje que llevaba tenía un tono beige que sólo los hombres latinos parecían llevar con la suficiente seguridad. La camisa azul que vestía bajo la chaqueta enfatizaba el color dorado de sus ojos. Eran los ojos de un cazador, de un depredador, fríos de crueldad y amenaza. Fliss sabía que jamás conseguiría olvidar aquellos ojos. Le provocaban pesadillas. Su mirada se deslizaba sobre ella como si fuera hielo. Su gélido desprecio le quemaba la piel y el orgullo.

A pesar de todo, no iba a permitir que Vidal viera cómo se sentía. No iba a encogerse de miedo bajo aquella mirada incisiva y lacerante, y tampoco iba a permitir sentirse intimidada por él. Sólo estaba preparada para admitir que había sido una desagradable sorpresa darse cuenta de que la estaba esperando en el aeropuerto. Era algo que no había esperado nunca, aunque había escrito a los abogados para informarles de sus planes, planes que sabía que a él no le gustarían pero que no tenía intención de cambiar. Una sensación de triunfo le recorrió el cuerpo al pensar que le había derrotado en algo.

—No has cambiado, Vidal —le dijo armándose de valor—. Resulta evidente que sigues sin gustarte que yo sea la hija de mi padre. Es normal, ¿no te parece? Después de todo, fue en parte por tu culpa por lo que mis padres se separaron, ¿verdad? Tú fuiste el que los traicionó frente a tu abuela.

–Jamás se les habría permitido que se casaran.

Fliss sabía que eso era cierto. Su propia madre se lo había dicho, con más tristeza que amargura en la voz.

–Si se les hubiera dado tiempo, habrían encontrado el modo de hacerlo.

Vidal apartó la mirada. En su pensamiento, había un recuerdo que no deseaba revivir. El sonido de su propia voz, a los siete años, contándole ingenuamente a su abuela el modo en el que su niñera y él se habían encontrado inesperadamente con su tío cuando ella llevó al niño a visitar la Alhambra. No se había dado cuenta de que se suponía que su tío estaba en Madrid para resolver unos negocios familiares ni había comprendido el significado de lo que parecía un encuentro completamente fortuito.

Sin embargo, la abuela de él lo había comprendido perfectamente. Felipe era el hijo de María Romero, su más antigua amiga, una viuda aristocrática pero empobrecida. Cuando María se enteró de que tenía un cáncer terminal y que sólo le quedaban unos meses de vida, le había pedido a su amiga que adoptara a Felipe, que por entonces sólo tenía doce años, después de su muerte y que lo cuidara como si fuera su propio hijo. Tanto la abuela de Vidal como la madre de Felipe habían compartido la creencia de que los miembros de ciertas familias deberían casarse única y exclusivamente con los que compartieran con ellos nobleza de sangre y tradición.

La culpabilidad era una pesada carga.

—Jamás se les habría permitido que se casaran —repitió él.

Era un hombre odioso, arrogante, con un orgullo tan frío como el hielo y tan duro como el granito. Técnicamente, la madre de Fliss había muerto de un fallo cardiaco, pero, ¿quién podría asegurar que parte de esos problemas de corazón no habían sido causados por un corazón roto y unos sueños destruidos? Su madre sólo tenía treinta y siete años cuando murió y ella, dieciocho. Seguía siendo una adolescente, a punto de ir a la universidad. Sin embargo, ahora, a sus veintitrés, era ya una mujer.

¿Era un cierto sentimiento de culpabilidad lo que creía ardiendo en la sangre heredada de nobles de alta cuna? Lo dudaba. Vidal no era capaz de tener tales sentimientos ni de ningún otro tipo hacia las personas. Su sangre no se lo permitía. Sangre que susurraba que, en el pasado, se había mezclado con la de una princesa mora a la que deseaba el orgulloso castellano que era enemigo de la familia de aquélla y de la que la había arrancado para su propio placer. Después, le dio a la esposa que compartía su línea de sangre el muchacho que nació de aquella relación prohibida y dejó que su concubina muriera de pena por la pérdida de su hijo.

Fliss se podía imaginar muy bien que una familia que tuviera como descendiente al hombre que estaba frente a ella pudiera ser capaz de un acto tan terrible. Cuando a su madre le contaron por primera vez la historia de aquel duque castellano, lo había vinculado inmediatamente con el hombre que ostentaba el ducado en aquel momento. Los dos compartían la misma crueldad hacia los sentimientos de los demás, la misma arrogante creencia de que lo que eran les daba derecho a arrollar a los demás seres humanos, a hacer juicios sobre ellos y a condenarlos sin permitirlos que se defendieran siquiera. El derecho a impedir que una niña tuviera acceso a su padre, a impedir que lo conociera y lo amara simplemente porque no consideraban que aquella niña fuera digna de ser parte de la familia.

Su padre... Saboreó las palabras. Había pasado una gran parte de su vida preguntándose por su padre, imaginando en secreto que se conocían, deseando íntimamente aquella reunión. En casa, en su elegante piso, tenía una caja en la que guardaba todas las cartas que le había escrito en secreto a su progenitor y que nunca había enviado. Cartas que había mantenido ocultas hasta de su madre para no herirla. Cartas que jamás había enviado... excepto una.

La familia de Felipe podría haber sido la que originalmente separara a sus padres, pero era Vidal quien había evitado que Felicity mantuviera contacto alguno con su padre. Vidal le había negado el derecho de conocer a su padre porque no la consideraba lo suficientemente buena para ser reconocida como miembro de la familia.

Al menos su padre había intentado compensarla en cierto modo por haber permitido que la apartaran de su vida.

—¿Por qué has venido, Felicity?

La frialdad de la voz de Vidal avivó el orgullo de Felicity.

–Sabes muy bien por qué estoy aquí. He venido por el testamento de mi padre.

Mientras Felicity pronunciaba las palabras «mi padre», sintió unos sentimientos contradictorios. Había sufrido mucho dolor, mucha confusión, mucha vergüenza a lo largo de los años nacida del rechazo que la familia de su padre siempre había sentido hacia su madre y hacia ella. Para Felicity, Vidal personificaba ese rechazo. Vidal la había herido de muchas más maneras de lo que había hecho su padre.

Vidal. Trató de controlar los sentimientos que amenazaban con embargarla, temerosa de lo que podría ocurrir cuando lo hicieran. La verdad era que no estaba allí por ningún beneficio material que pudiera conseguir del testamento de su padre, sino porque se encontraba a la deriva emocionalmente y tal vez así pudiera encontrar la sanación espiritual que tanto ansiaba. Sin embargo, no había poder en la Tierra que la pudiera obligar a revelar esa verdad a Vidal.

–No había necesidad alguna de que vinieras por el testamento de Felipe, Felicity. La carta que su abogado te envió dejaba los términos perfectamente claros. Tu presencia aquí no es necesaria.

–Igual que, a tus ojos, ni mi madre ni yo éramos necesarias en la vida de mi padre. ¡Qué arrogante eres, Vidal, al pensar que tienes el derecho de emitir tales juicios! Se te da muy bien juzgar actos y hechos que pueden afectar la vida de los otros, ¿verdad? Crees que eres mucho mejor que el resto de la gente, pero no es así. A pesar de quién eres, a pesar de la arrogancia y el orgullo que reclamas por tu sangre castellana, eres en realidad menos merecedor de ellos que el mendigo más pobre de las calles de Granada. Desprecias a otros porque crees que eres superior a ellos, pero la realidad es que eres tú el que debería ser tratado con desprecio. Eres incapaz de tener compasión o comprensión. Eres incapaz de tener verdaderos sentimientos, Vidal. Incapaz de saber lo que de verdad significa ser humano –le espetó Fliss, lanzándole las palabras para así poder aliviar los sentimientos que había reprimido después de tanto tiempo.

–Tú no sabes nada de lo que soy yo –repuso él. No se podía creer que fuera precisamente ella quien se atreviera a hacerle tales acusaciones.

–Al contrario. Lo sé muy bien. Eres el duque de Fuentualba, una título que te corresponde desde tu nacimiento, incluso antes, dado que tus padres se casaron por imposición de sus familiares para salvaguardar la pureza de su línea de sangre. Eres dueño de grandes extensiones de tierra, tanto aquí como en América del Sur. Necesitas que otros se sometan a tu poder y crees que eso te da derecho a tratarlos con desprecio y desdén. Por ti y por lo que eres, yo jamás tuve la oportunidad de conocer a mi padre con vida.

–¿Y ahora has venido para buscar venganza? ¿Es eso lo que estás intentando decirme?

–No necesito buscar venganza –le dijo Fliss refutando así su acusación–. Tú te ocasionarás por tu propia naturaleza esa venganza, aunque estoy seguro de que ni siquiera lo reconoces por lo que es. Tu forma de ser, tu forma de ver la vida, te negarán exactamente lo que tú les negaste a mis padres: una relación feliz, amante y duradera que se mantiene exclusivamente por el hecho de que dos personas se aman la una a la otra. Mi venganza será saber que tú nunca sabrás lo que es la verdadera felicidad porque no estás genéticamente preparado para conocerla. Jamás tendrás el amor de una mujer y peor de todo es que ni siquiera te darás cuenta de lo que te estás perdiendo.

El silencio de Vidal resultaba enervante por sí solo, sin tener en cuenta la mirada que él le estaba dedicando. Sin embargo, Fliss no era su madre que, amable y vulnerable, se sentía temerosa e insignificante ante un hombre tan arrogante como él.

–¿No te ha dicho nunca nadie que puede ser peligroso expresar tales opiniones?

–Tal vez no me importa enfrentarme al peligro cuando digo la verdad. Después de todo, ¿qué más daño podrías hacerme que el que ya me has hecho?

–Déjame que te diga una cosa –replicó él midiendo cuidadosamente cada una de sus palabras–. En lo que se refiere a mi matrimonio, la mujer que se convierta en mi esposa no será alguien...

–¿Como yo?

–Ningún hombre, si es honrado, querría como esposa suya a alguien cuya moralidad sexual es cero. La naturaleza del hombre es ser protector de las virtudes de la compañera que ha elegido, querer que la intimidad que comparte con esa mujer sea exclusiva. Un hombre jamás puede saber con certeza si el hijo que su compañera lleva en su vientre es suyo, por lo tanto busca una mujer que vaya a ser sexualmente leal hacia él. Cuando yo me case, mi esposa sabrá que tiene mi compromiso para toda una vida y esperaré la misma clase de compromiso a cambio.

Vidal estaba furioso. Sin embargo, en vez de sentirse intimidada, Fliss se sintió más exaltada por las palabras de él. De repente, un sentimiento desconocido se apoderó de ella, provocándole un escalofrío por la espalda. Vidal era un hombre de fuertes pasiones, que mantenía sometidas a un fiero control. La mujer que pudiera desatarlas tendría que ser igualmente apasionada o se arriesgaba a verse consumida en aquel fiero calor. En la cama, Vidal sería...

Escandalizada, Felicity cortó rápidamente aquel pensamiento. Sintió que el rostro le ardía. ¿Qué le estaba ocurriendo? ¿Cómo se había atrevido a pensar de ese modo sobre Vidal?

–No deberías haber venido a España, Felicity.

–Lo que quieres decir es que no querías que viniera. Bien, pues tengo noticias para ti, Vidal. Ya no tengo dieciséis años y no me puedes decir lo que tengo que hacer. Ahora, si me perdonas, me gustaría marcharme a mi hotel. No había necesidad alguna de que vinieras al aeropuerto –le dijo, con la intención de obligarlo a que se marchara–. No tenemos nada que decirnos que no pueda esperar a mañana, durante la reunión con el abogado de mi difunto padre.

Felicity hizo intención de marcharse, pero él extendió rápidamente la mano y le agarró el brazo. Parecía extraño que una mano tan elegante y tan bien cuidada tuviera tanta fuerza, pero así era.

–Suéltame.

–No hay nada que yo quisiera más, te lo aseguro, pero dado que mi madre espera que te alojes con nosotros y que estará esperando nuestra llegada, me temo que eso no es posible.

–¿Tu madre?

–Sí. Ha venido especialmente de su casa de campo para alojarse en la ciudad con la intención de darte la bienvenida a la familia.

–¿La bienvenida a la familia? –repitió ella, con incredulidad–. ¿Acaso crees que yo puedo desear algo así después del modo en el que la familia trató a mi madre sólo porque era niñera y, por lo tanto, no era lo suficientemente buena como para casarse con mi padre, después del modo en que se negaron a reconocer mi existencia?

Vidal ignoró las palabras de Felicity y siguió hablando como si ella no hubiera pronunciado palabra.

–Deberías haber pensado en las consecuencias de venir aquí antes de animarte a hacerlo, pero, por supuesto, a ti no te parece importante pensar en las consecuencias de tu comportamiento, ¿verdad, Felicity? Ni en las consecuencias ni el efecto que tienen en otros.

–No tengo deseo alguno en conocer a tu madre. Tengo una reserva de hotel...

–Que ha sido cancelada.

No, no podía. El pánico se apoderó de ella. Fliss abrió la boca para protestar, pero era demasiado tarde. Vidal la llevaba rápidamente hacia el aparcamiento. Un repentino movimiento de las personas que la rodeaban la empujaron contra Vidal. Fue inmediatamente consciente de la fuerza masculina y del calor que emanaban de su cuerpo. Se tensó. Tenía la boca seca y el corazón le latía a toda velocidad, a medida que unos recuerdos que no podía soportar parecían burlarse por los intentos de su pensamiento para negarlos.

Los dos avanzaron rápidamente bajo el tórrido sol del verano, lo que seguramente explicaba por qué el cuerpo de Felicity había empezado a arder de tal manera que podía sentir el calor de su propia sangre en el rostro.

—Deberías llevar puesto un sombrero —le dijo Vidal, observándole el acalorado rostro—. Tu piel es demasiado pálida para verse expuesta a un sol tan fuerte.

Fliss sabía que no era el sol, pero agradeció en silencio que él no se hubiera dado cuenta de la verdadera causa.

—Tengo un sombrero en la maleta, pero dado que esperaba ir directamente a mi hotel desde el aeropuerto en vez de ver cómo me secuestran literalmente y me obligan a estar bajo el sol, no creí necesario llevarlo en la mano.

—La única razón por la que estamos al sol es porque tú prefieres ponerte a discutir. Mi coche está allí —replicó Vidal.

Su arrogancia hizo que Felicity rechinara los dientes. ¡Qué típico era que no hiciera intento alguno por disculparse, sino que tratara de demostrar que ella era la culpable! Había levantado la mano, como si fuera a colocársela en la espalda para empujarla en la dirección correcta, pero la inmediata reacción de Felicity fue apartarse precipitadamente de él. No podía soportar que Vidal la tocara. Hacerlo hubiera sido como una especie de traición a sí misma que no podía soportar. Además, él era demasiado... demasiado... ¿Demasiado qué? ¿Demasiado masculino?

–Es demasiado tarde para que te comportes como una virgen temerosa que tiene miedo del contacto de un hombre –le advirtió él.

–No estoy actuando –repuso ella–. Tampoco era miedo, sino repulsión.

–Perdiste el derecho de esa clase de casta reacción hace mucho tiempo y los dos lo sabemos.

Felicity sintió ira, mezclada con algo más, algo doloroso y triste, en el pecho.

En una ocasión, hacía mucho tiempo o al menos eso le parecía, ella había sido una muchacha temblorosa, al borde de su primer enamoramiento de un hombre adulto. Veía en él todo lo que su romántico corazón ansiaba y sentía en él el potencial para llenar sus fantasías sexuales. Una rápida sensación, intensa y eléctrica, le recorrió la espalda, dejando más sensible su carne y poniéndole el vello de punta. Un nuevo temblor le recorrió el cuerpo. El pánico volvió a apoderarse de ella. Debía de ser el calor lo que le estaba provocando aquellas sensaciones. No podía ser Vidal. Imposible. No podía ser él quien fuera el responsable del repentino temblor físico que le recorría con sensualidad todo el cuerpo. Era una especie de aberración física, una manifestación indirecta de lo mucho que lo odiaba. Efectivamente. Seguramente se trataba de un temblor provocado por el odio y no por el deseo hacia un hombre tan viril. Era imposible que ella deseara a Vidal. Completamente imposible.

Para tranquilizarse, respiró profundamente el mágico aire de la ciudad, que la embriagó y la hipnotizó a la vez. Sí, por supuesto se notaba el olor del humo de los coches, pero lo más importante era que se notaba el aroma de un aire calentado por el sol e impregnado de esencias orientales, herencia de los poderosos soberanos árabes que en el pasado dominaron la ciudad. Ricos y sutiles perfumes. Aromáticas especias. Si cerraba los ojos, ella podría escuchar el sonido mágico del agua, tan apreciada por los árabes, y ver el rico brillo de las telas que viajaron a través de la Ruta de la Seda hasta llegar a la ciudad de Granada.

—Aquí está mi coche.

La voz de Vidal la devolvió a la realidad, pero no con la suficiente rapidez como para que pudiera evitar de nuevo la mano sobre la espalda de la que había conseguido escapar no hacía mucho. Su calor parecía abrasarle la piel a través de la ropa. Sin saber cómo, se imaginó una mano masculina acariciando la curva de una espalda desnuda de mujer. Deliberada y eróticamente, esa mano bajaba para cubrir la redondeada curva del trasero de una mujer, volviéndola hacia él, carne oscura frente a la blanca palidez de la de ella. La respiración de la mujer se aceleraba mientras que la de él se hacía más profunda hasta parecerse a la de un cazador que acechaba con la intención de cobrarse una presa...

¡No! La cabeza y el corazón le vibraban mientras unos sentimientos encontrados se apoderaban de ella. Debía concentrarse en la realidad, pero, incluso sabiéndolo, le costaba un gran esfuerzo conseguirlo.

El coche que él había indicado era grande y negro, la clase de coche que suelen utilizar los ricos y poderosos como medio de transporte.

–Veo que no te importa el derroche energético, ¿verdad? –comentó Fliss sin poder resistirse mientras que Vidal abría la puerta del copiloto y le quitaba la pequeña maleta que ella llevaba para colocarla en el maletero.

Vidal no se dignó en responder. Se limitó a rodear el coche y a ponerse al volante del vehículo.

Fliss esperaba que el silencio de él significara que lo había incomodado. Quería ser como una espina para él, una espina que le recordara lo que le había hecho a ella. Vidal no había querido que ella fuera a España. Lo sabía. Habría preferido que ella simplemente permitiera a los abogados que se ocuparan de todo. Sin embargo, había preferido ir. ¿Para fastidiar a Vidal? ¡No! Buscaba sus raíces, no venganza. La esencia de aquel país le corría por las venas.

Granada, hogar de los últimos reyes moros y de la Alhambra, la fortaleza rojiza, un complejo de tal belleza, que el rostro de su madre relucía de felicidad cuando le hablaba sobre ella. Todo aquello formaba parte de su ser.

–¿Mi padre te llevó allí? –le había preguntado a su madre en una ocasión.

Sólo tenía siete años, pero jamás se había referido al hombre que la había engendrado como «papá». Los papás eran los hombres que jugaban con sus hijos y que los querían, no unos desconocidos que vivían en un lejano país.

—Sí —había respondido su madre—. En una ocasión, me llevé a Vidal a verla y tu padre nos acompañó. Pasamos un día maravilloso. Un día, tú y yo iremos juntas a visitarla, Fliss.

Desgraciadamente, a pesar de la promesa de su madre, aquel día no había llegado nunca.

A través de los cristales tintados del coche, Felicity podía ver la ciudad que se erguía ante ellos, con el barrio del Albaicín trepando por la ladera opuesta a la de la Alhambra. Muy cerca, estaba el barrio judío de la ciudad. Sin embargo, tal y como era de esperar, Vidal tomó una calle alineada con imponentes edificios del siglo XVI, erigidos después de que la ciudad fuera reconquistada por Isabel y Fernando, los Reyes Católicos. Aquellos edificios sugerían riqueza y privilegios.

Felicity se sintió bastante sorprendida de que Vidal condujera su propio coche, pero no de que hiciera entrar el coche por unas imponentes puertas de madera, que daban paso a un soleado patio, de líneas perfectamente simétricas. En el centro del mismo, una ornada fuente de piedra llenaba el silencio con el chapoteo del agua.

La casa o, más bien el palacio, rodeaba el patio por los cuatro lados. A la derecha, un arco conducía a lo que parecía un hermoso jardín. Vidal había detenido el coche frente a unos escalones de piedra que conducían hacia una puerta de madera tachonada de clavos de hierro. El edificio, que era de tres plantas, contenía en el piso intermedio una galería. Las ventanas estaban cubiertas por sus contraventanas para impedir que el fiero sol de la tarde penetrara en las estancias. Sobre las ventanas, estaba esculpido en piedra la fruta que daba nombre a la ciudad, mientras que sobre la puerta principal aparecía el escudo de armas de la familia junto con una inscripción que se traducía por «Mantenemos lo que conquistamos». Felicity conocía todos aquellos detalles no por su curiosidad como turista, sino por el hecho de que se había preocupado de leer todo lo que había podido sobre la historia de la familia de Vidal, que, por supuesto, era la de su padre.

—¿No te preocupa que esta casa fuera construida con dinero robado a un príncipe musulmán al que asesinó uno de tus antepasados? –desafió a Vidal.

—En la guerra el victorioso se queda con todo. Mi antepasado fue uno de los muchos castellanos que ganaron la batalla contra Boabdil, Mohamed XII, para Isabel y Fernando. El dinero con el que se construyó este palacio se lo dio Isabel y, lejos de permitir el asesinato de nadie, se decretó que todos los musulmanes de la ciudad tendrían libertad religiosa.

—Un decreto que se rompió no mucho más tarde, igual que tu antepasado rompió la promesa que le hizo a la princesa musulmana que secuestró.

—Te aconsejo que pases más tiempo repasando tus datos y menos repitiéndolos sin haberlo hecho.

Sin darle tiempo para responder, Vidal salió del coche y lo rodeó tan rápidamente, que Felicity no tuvo tiempo de abrir su puerta. Ignoró la mano que él le ofrecía y bajó sola del coche decidida a no sentirse impresionada por lo que la rodeaba. Para ello, pensó en su madre. ¿Se había sentido ella intimidada por el imponente edificio? Su madre había disfrutado mucho del tiempo que pasó en España, a pesar de la tristeza que aquellos días habían terminado por provocarle. Los padres de Vidal la contrataron para ayudar a Vidal con su inglés durante las vacaciones de verano y su madre siempre había dejado muy claro lo mucho que había querido al muchacho que estaba a su cuidado.

¿Habría sido en aquella casa donde había visto por primera vez y se habría enamorado del tío adoptivo de Vidal? ¿Del hombre que era el padre de Felicity? Tal vez había visto al guapo español allí mismo, en aquel patio. Guapo, pero no fuerte, al menos no lo suficiente para ponerse del lado de la madre de Felicity y del amor que había jurado que sentía hacia ella.

Sabía que su madre sólo había visitado la casa familiar de la ciudad de Granada muy brevemente. Había pasado la mayor parte del tiempo en el castillo que tenían en la finca que daba nombre al ducado y que había sido la residencia principal de los padres de Vidal.

Pensar en lo mucho que habría sufrido su madre le causó un profundo dolor en el pecho. Recordó que, al final, Vidal, había tenido mucho que ver con el dolor y la humillación que había sufrido su madre. Se apartó inconscientemente de él, lo que provocó que resbalara sobre el empedrado del suelo, que se torciera el tobillo y que perdiera el equilibrio.

Inmediatamente, Vidal la sujetó agarrándola por la parte superior de los brazos. El instinto de Felicity le decía que se apartara inmediatamente de él, que le obligara a soltarla y que le dejara muy claro lo poco bienvenidas que eran sus atenciones. Sin embargo, él se movió rápidamente y la soltó con un gesto de disgusto, como si tocarla lo manchara. La ira y la humillación se apoderaron de ella, pero no había nada que pudiera hacer más que darle la espalda. Se sentía atrapada y no sólo por estar en un lugar en el que no quería, sino también por su propio pasado y el papel que Vidal había representado en él. El desprecio de Vidal se transformaba en una prisión para la que no había escapatoria.

Fliss pasó por delante de él y entró en la casa. Se quedó inmóvil en el fresco vestíbulo, desde el que se admiraba una magnífica escalera. Los retratos colgaban de las paredes, aristócratas españoles que, ataviados con lujosas ropas o con uniformes militares la contemplaban con rostros duros e inexpresivos. Tenían una profunda expresión de arrogancia y desdén, muy parecida a la de Vidal, su descendiente.

Una puerta se abrió para dejar paso a una mujer de mediana edad, baja estatura y regordeta figura. Tenía unos vivos ojos pardos que examinaron a Felicity rápidamente. Aunque iba sencillamente vestida, su actitud recta y sus modales en general la delataban.

Se dio cuenta de que se había equivocado cuando Vidal dijo:

—Deja que te presente a Rosa. Está a cargo de la casa. Ella te mostrará tu dormitorio.

El ama de llaves se dirigió hacia Fliss sin dejar de observarla. Entonces, se volvió de nuevo a mirar a Vidal y en español le dijo:

–Mientras que su madre tenía el aspecto de una palomilla, ésta tiene la mirada de un halcón salvaje que aún no ha aprendido a acudir al cebo.

La ira se reflejó en los ojos de Fliss.

–Hablo español –anunció, casi temblando con la fuerza de su ira–. No hay cebo alguno que me pudiera tentar a acudir a mano alguna de los que habitan en esta casa.

Tuvo tiempo de ver la mirada de hostilidad que Vidal le dedicó antes de darse la vuelta y dirigirse hacia las escaleras, haciendo que Rosa tuviera que seguirla.

Capítulo 2

EN el rellano del primer piso, Rosa rompió el tenso silencio que había entre ellas.

–Entonces, ¿habla español?

–¿Y por qué no? –le desafió Fliss–. A pesar de lo que Vidal quiera pensar, no tiene el poder de evitar que yo hable el que, después de todo, era el idioma de mi padre.

No iba a admitir delante de Rosa, ni de nadie más, que en su adolescencia, el sueño de poder conocer algún día a su padre la había llevado a trabajar repartiendo periódicos para pagarse unas clases de español que sospechaba que su madre no quería que tomara. De hecho, sabía que su madre había tenido miedo de que ella hiciera cualquiera cosas que le conectara con el lado español de la familia. Por eso, para no disgustarla, había tratado de que su madre no comprendiera lo mucho que ansiaba saber más de su padre y del país en el que él vivía. La quería demasiado como para hacerle daño.

–Bien, ciertamente no has sacado el espíritu de tus padres le espetó Rosa–, aunque debería advertirte que es mejor que no levantes armas contra Vidal.

–Vidal no tiene autoridad alguna sobre mí –replicó Felicity con vehemencia–. Jamás la tendrá.

Un movimiento en el vestíbulo le llamó la atención. Se dio la vuelta y vio que Vidal seguía allí. Debía de haberla oído, lo que sin duda era la causa de la severa mirada que le estaba dedicando. Probablemente, querría tener cierta autoridad sobre ella para así haberle impedido viajar a España igual que años antes le había prohibido tener contacto alguno con su padre.

Recordó la escena ocurrida años atrás. Podía verlo en su dormitorio, con la carta que ella le había enviado a su padre semanas antes, una carta que él había interceptado. Una carta escrita desde la profundidad de un corazón de dieciséis años a un padre que ansiaba conocer.

Todos los sentimientos que había empezado a sentir hacia Vidal habían quedado rotos en pedazos en aquel mismo instante para convertirse en pedazos de ira y amargura.

—Fliss, cariño, debes prometerme que jamás volverás a intentar ponerte en contacto con tu padre —le había advertido su madre con lágrimas en los ojos después de que Vidal hubiera regresado a España y las dos volvieran a estar solas.

Por supuesto, Felicity se lo había prometido sin dudarlo. Quería demasiado a su madre para querer disgustarla.

¡No! No debía permitir que Vidal la devolviera a aquel lugar vergonzoso que había mancillado su orgullo para siempre. Su madre había comprendido lo que había ocurrido. Había sabido que Fliss no era la culpable.

La madurez le había hecho comprender muchas cosas. Dado que su padre siempre había sabido dónde estaba, podría haberse puesto en contacto con ella muy fácilmente. El hecho de que no lo hubiera hecho era muy revelador. Después de todo, ella no era la única persona en el mundo que no quería ser reconocida por su padre. Cuando su madre murió, Felicity decidió que había llegado el momento de seguir adelante con su vida y de olvidarse del padre que la había rechazado.

Jamás sabría qué era lo que había hecho que su padre cambiara de opinión. Jamás sabría si había sido el sentimiento de culpabilidad o de arrepentimiento por las oportunidades perdidas lo que lo había empujado a mencionarla en su testamento. Sin embargo, lo que Felicity sí sabía era que en aquella ocasión no iba a permitir que Vidal dictara lo que podía o no podía hacer.

Desde el vestíbulo, Vidal observó cómo Fliss se daba la vuelta y seguía a Rosa por el siguiente tramo de escaleras. Si había algo de lo que él se enorgullecía, era del control que era capaz de ejercer sobre sus sentimientos y reacciones. Sin embargo, por alguna razón, su mirada, que normalmente era tan obediente a sus órdenes, se rebelaba para centrarse en las bien torneadas piernas de Fliss.

A la edad de dieciséis años, esas piernas eran tan esbeltas como las de una potrilla. Era tan sólo una niña convirtiéndose en mujer, con menudos y erguidos senos que se apretaban contra las estrechas camisetas que solía llevar. Tal vez se comportaba hacia él con fingida inocencia, que implicaba miradas robadas y mejillas sonrojadas. Sin embargo, no había tardado en ver la verdadera realidad de lo que era: una persona promiscua sin moral u orgullo algunos. ¿Sería así por naturaleza o porque se había visto privada de padre?

El sentimiento de culpabilidad jamás podía escapar a su conciencia. ¿Cuántas veces a lo largo de los años había deseado no pronunciar aquellas inocentes palabras que habían terminado por provocar un final forzado en la relación que había entre su tío y su niñera? Un sencillo comentario realizado a su abuela sobre el hecho de que Felipe se había reunido con ellos en una excursión a la Alhambra había sido el desencadenante de todo lo ocurrido después.

La duquesa jamás hubiera permitido que Felipe se casara con una mujer que ella no hubiera elegido. Jamás hubiera permitido que una niñera fuera la futura esposa de un hombre cuya sangre era tan aristocrática como la de su familia adoptiva.

A sus siete años, Vidal no había comprendido lo que podría ocasionar, pero se había dado cuenta muy rápidamente de las consecuencias de su inocencia cuando vio que la amable niñera inglesa a la que tanto quería era despedida y enviada a su casa. Ni la madre de Fliss ni Felipe se opusieron a la autoridad de la anciana. Ninguno de los dos sabía que la joven había concebido un hijo, una niña cuyo nombre no se mencionaba nunca, a menos que lo hiciera la propia duquesa para recordarle a su hijo adoptivo la vergüenza que les había causado al rebajarse dejando embarazada a una niñera. ¡Qué justificada habría creído la anciana su acción si hubiera vivido lo suficiente para saber en lo que se había convertido la hija de Felipe!

Vidal se había apiadado de la madre de Felicity cuando los dos regresaron de una cena en Londres y descubrieron que, no sólo Felicity estaba celebrando una fiesta que no había sido autorizada, sino que también la joven estaba arriba, en el dormitorio de su madre, con un adolescente borracho.

Cerró los ojos y volvió a abrirlos. Había ciertos recuerdos que prefería no revivir: el día en que había delatado la aventura amorosa de su niñera; la noche que su madre entró en su dormitorio para decirle que el avión en el que viajaba su padre se había estrellado en América del Sur sin supervivientes; la noche en la que vio a Felicity tumbada sobre la cama de su madre sin que le importara nada lo que había hecho… Sin que le importara nada él.

En aquel entonces, él tenía veintitrés años y se sentía abrumado por el efecto que Felicity tenía sobre él. Le repugnaba el deseo que sentía hacia ella, atormentado por ello y por su propio código moral, un código que le decía que un hombre de veintitrés años no podía tener nada con una niña de dieciséis. La diferencia de siete años separaba la infancia de la edad adulta y representaba un abismo que no podía salvarse, igual que la inocencia de una niña de dieciséis años no podía robarse de aquella manera.

Siete años después, aún podía saborear la ira que le había amargado el corazón y abrasado el alma, una ira que la presencia de Felicity en Granada estaba reavivando. Cuanto antes terminara todo aquel asunto y Felicity estuviera de vuelta en un avión al Reino Unido, mucho mejor.

Cuando Felipe estaba agonizando y él le dijo a Vidal lo mucho que se arrepentía de algunas cosas de su pasado, éste lo animó a compensar a su hija a través del testamento. Sin embargo, lo había hecho por el bien de su tío, no por el de Felicity.

Arriba, en la habitación que Rosa le había adjudicado antes de decirle que le enviaría un refrigerio y marcharse, Fliss estudió el lugar en el que se encontraba. El dormitorio era muy grande, con altos techos y estaba decorado con pesados muebles de madera oscura que, sin duda, eran antigüedades de altísimo valor. La estancia era muy luminosa gracias a unas puertas francesas que daban a un jardín típicamente árabe, dividido en dos por una recta línea de agua que fluía desde una cascada que fluía desde el otro lado. Aromáticos rosales y árboles frutales se alineaban perfectamente, combinados con geranios en preciosas macetas de terracota. El patio tenía también un pequeño cenador con elegantes muebles de madera.

Fliss cerró los ojos. Conocía tan bien aquel jardín... Su madre se lo había descrito, lo había dibujado para ella e incluso le había mostrado fotografías, lo que le hizo preguntar si aquélla habría sido la habitación de su madre. Sospechaba que no. Su madre le había dicho que Vidal y ella ocupaban habitaciones de la última planta cuando se alojaban en la ciudad.

La decoración era tan rica y tan cuidada en sus detalles, que estaba a años luz del minimalista apartamento que ella tenía en Inglaterra, pero, a pesar de todo, le gustaba. Si su padre no hubiera rechazado a su madre, a ella, Felicity habría crecido conociendo bien aquella casa y su historia. Igual que le ocurría a Vidal.

Vidal. Lo odiaba tanto... Los sentimientos que tenía hacia él eran mucho más amargos y más llenos de ira de los que tenía hacia su padre. Éste, después de todo, no había tenido voz en lo ocurrido. Tal y como su madre le había explicado, Felipe se había visto obligado a renunciar a ellas y a volverles la espalda. No había abierto la carta que ella en su desesperación le había enviado y le había dicho que no se volviera a poner en contacto con él. Vidal había sido el causante de todo aquello.

Allí, en aquella casa, se habían tomado todas aquellas decisiones, que habían tenido un profundo impacto en sus padres y en ella del modo más cruel posible. De allí habían despedido a su madre. Allí le habían dicho que el hombre al que amaba estaba prometido en matrimonio con otra, una mujer elegida por su familia adoptiva, una mujer a la que, según le había jurado Felipe a la madre de Felicity, no amaba y con la que no deseaba casarse.

Sin embargo, los deseos de Felipe no habían importado. Las promesas hechas a la madre de Fliss habían sido efímeras. Sólo había habido tiempo para que los dos disfrutaran de un último instante de ilícita intimidad que había conducido a la concepción de Felicity antes de separarse para siempre.

—Él me juró que me amaba, pero que también amaba a su familia adoptiva y no podía desobedecerlos —le había dicho a Felicity su madre cuando ella le preguntó por qué su padre no había ido a Inglaterra tras ella.

Su pobre madre... Había cometido el error de enamorarse de un hombre que no había sido lo suficientemente fuerte como para proteger su amor y había pagado un alto precio por ello. Fliss jamás permitiría que le ocurriera lo mismo a ella. Jamás permitiría que el amor la convirtiera en un ser vulnerable. Después de todo, ya había experimentado lo que se sentía, aunque sus sentimientos hacia Vidal hubieran sido simplemente los de una jovencita de dieciséis años sin experiencia alguna.

Sacudió la cabeza para olvidarse de tan dolorosos pensamientos y miró su pequeña maleta. Vidal le había dicho que su madre había insistido en que ella se alojara allí. ¿Significaba eso que la duquesa tenía la intención de recibirla formalmente? ¿Que tal vez le propusiera que cenaran juntas? No se había llevado ninguna prenda elegante. Sólo tenía unas cuantas mudas de ropa interior, un par de pantalones cortos, unas camisetas y un vestido muy sencillo, de punto color negro, del que se había enamorado durante un viaje a Londres.

Estaba a punto de sacarlo de la maleta para estirarlo un poco cuando la puerta se abrió. Rosa entró con una bandeja que contenía una copa de vino y unas tapas para picar.

Después de darle las gracias, Fliss le preguntó:

—¿A qué hora se sirve la cena?

—No va a haber cena. Vidal no lo desea. Está demasiado ocupado —respondió Rosa con altivez en español—. Se le traerá la cena aquí si usted quiere.

Rosa sintió que se sonrojaba. La grosería de Rosa era imperdonable, pero sin duda seguía el ejemplo de Vidal.

–Tengo tantos deseos de cenar con Vidal como él conmigo –replicó–, pero, dado que el propio Vidal me dijo que era voluntad de su madre que yo me alojara aquí en vez de en el hotel que había reservado, di por sentado se esperaría que yo cenara con ella.

–La duquesa no está aquí –le informó Rosa. Entonces, dejó la bandeja y se marchó antes de que Fliss pudiera hacerle más preguntas.

Vidal le había mentido sobre la presencia de su madre en la casa y sobre su deseo de verla. ¿Por qué? ¿Por qué querría tenerla bajo su propio techo? Recordó que su madre siempre se había negado a criticarlo cuando Fliss lo culpaba de la separación de sus padres.

–No debes culpar a Vidal, cariño –decía su madre suavemente–. En realidad, no fue culpa suya. Él sólo era un niño. Sólo tenía siete años. No sabía qué era lo que podría ocurrir.

Su adorable y cariñosa madre, siempre dispuesta a perdonar y a comprender a los que le hacían daño.

Inicialmente, Felicity, había aceptado aquella defensa de Vidal. Sin embargo, cuando él había ido a visitarlas, su opinión cambió. Después de comportarse con amabilidad hacia ella, había empezado a tratarla con desdén. Ponía toda la distancia que era posible entre ellos y dejaba muy claro que no sentía simpatía alguna por ella. Su vulnerable corazón de adolescente había sufrido mucho con aquel desprecio.

Desde el minuto en el que lo vio por primera vez, bajándose del lujoso coche que lo había llevado hasta su casa desde Londres, Fliss se había sentido atraída por él para luego enamorarse perdidamente. Recordaba claramente el día en el que, sin darse cuenta, había entrado en el cuarto de baño cuando él se estaba afeitando. Sus ojos no habían podido despegarse del torso desnudo de Vidal. La excitación era tal cuando consiguió salir del cuarto de baño, que su imaginación se desbocó y empezó a conjurar escenarios en los que no se limitaba a mirar. Resultaba fácil burlarse de su ingenuidad de adolescente de entonces, pero, ¿acaso no era cierto que seguía teniendo tan poca familiaridad con la realidad de la intimidad sexual como entonces?

Desgraciadamente, a pesar de que guardaba celosamente el secreto de su virginidad, no podía escapar de la verdad.

¿Qué le ocurría? Había soportado bien durante años el hecho de ser sexualmente inactiva. Había sido una decisión que ella misma había tomado. Necesitaba construirse un futuro y ese hecho le había impedido en cierto modo conocer a un hombre al que deseara lo suficiente como para olvidar el pasado.

Sabía que no tenía que sentir pena por sí misma. Su infancia había sido privilegiada y aún consideraba su vida del mismo modo y no sólo porque había tenido una madre tan maravillosa.

Con sus abuelos y su madre muertos, la gran casa en la que había vivido con ellos le había parecido demasiado vacía y demasiado llena de dolorosos recuerdos. Inesperadamente, recibió una oferta para comprarla por una suma de dinero inesperadamente grande. Decidió venderla y se compró un piso en el centro de la ciudad. Allí, tenía su trabajo en el departamento de Turismo y muchos amigos, aunque la mayoría de ellos ya vivían en pareja y sus tres mejores amigas se habían ido a vivir al extranjero.

Alguien llamó suavemente a la puerta, lo que la hizo levantarse de la cama y tensarse mientras esperaba a que la puerta se abriera y Rosa apareciera irradiando desaprobación. Sin embargo, no era Rosa quien apareció sino el propio Vidal en persona. Se había cambiado de ropa y había sustituido el traje por una camisa más informal y un par de chinos. También se había dado una ducha a juzgar por el aspecto aún humedecido de su cabello. Felicity sintió que el corazón le daba un vuelco en el pecho al verlo. El hecho de que él estuviera en el dormitorio le devolvía demasiados recuerdos del pasado como para que pudiera sentirse cómoda.

Vidal había entrado en el pasado en su dormitorio...

¡No! No iba a permitirse la agonía de aquellos recuerdos. Necesitaba centrarse en el presente, no en el pasado. Era ella la que debía criticar y desafiar a Vidal y no al revés.

–¿Por qué me dijiste que tu madre estaría aquí cuando era mentira? –le espetó.

–Mi madre ha tenido que ausentarse para visitar a una amiga que no se encuentra bien. Ni yo sabía que no estaba hasta que Rosa no me informó de ello.

–¿Rosa tuvo que decirte dónde está tu madre? ¡Qué típico de la clase de hombre que eres que necesites a una criada para que te diga dónde está tu propia madre!

Vidal le dirigió una fría mirada. Tensó la mandíbula como si quisiera contenerse.

—Para tu información, Rosa no es una criada. Y no tengo ninguna intención de hablar contigo sobre la relación que tengo con mi madre.

—No, estoy segura de ello. Después de todo, tú tienes gran parte de culpa en el hecho de que yo nunca llegara a tener una relación con mi padre. Tú fuiste el que interceptó una carta privada que le envié. Tú fuiste el que se atrevió a ir a Inglaterra para coaccionar a mi madre para que no me dejara intentar ponerme de nuevo en contacto con él.

—Tu madre creía que no te interesaba lo más mínimo seguir intentado tener contacto con Felipe.

—¡Ah! Así que fue por mi bien por lo que me impediste ponerme en contacto con él, ¿no? —le espetó ella con gélido sarcasmo—. No tenías derecho alguno a impedirme que conociera a mi padre ni a negarme el derecho de, al menos, ver si él era capaz de amarme. Sin embargo, todos sabemos que el amor por otro ser humano no es un concepto que alguien como tú pueda entender, ¿no es cierto, Vidal?

Muy a su pesar, sintió que los ojos empezaban a llenársele de lágrimas. No debía llorar nunca delante de alguien como él. No debía mostrar signo alguno de debilidad.

—¿Qué podrías tú saber sobre amar a alguien, sobre querer a alguien? —añadió lanzando acusaciones hacia Vidal para defenderse con furia ante él. Hubiera hecho o dicho cualquier cosa para evitar que él supiera el dolor que sus palabras habían causado en ella—. ¡No sabes lo que es el amor!

–¿Y tú sí? ¿Tú que...?

Vidal cerró la distancia que los separaba sacudiendo la cabeza asqueado mientras dejaba de hablar. Sin embargo, Fliss sabía perfectamente bien lo que él había estado a punto de decir. El pánico y el dolor se apoderaron de ella en aquel instante.

–No me toques –le ordenó dando un paso atrás.

–Puedes dejar de actuar, Felicity. Porque los dos sabemos que estás actuando, así que no sigas mintiendo.

El pánico la estaba haciendo perder el control peligrosamente. Los recuerdos se habían acercado demasiado, enturbiando las aguas de lo que era presente y lo que era pasado. El corazón estaba a punto de estallarle dentro del pecho. Se sintió de nuevo como si tuviera dieciséis años, confusa por unos sentimientos prohibidos y aterradores.

–Sé lo que estás pensando –le espetó ella–, pero te equivocas. No te deseo. Jamás te he deseado.

–¿Cómo dices?

El silencio que se produjo en la sala fue como la paz que reina en el centro del huracán. Era como saber que el peligro estaba muy cerca y que no tardaría en aplastarla sin que pudiera huir a ninguna parte.

–¿Desearme, dices? ¿De este modo? –dijo Vidal suavemente.

La tomó bruscamente entre sus brazos y luego la inmovilizó contra él, atrapada entre su cuerpo y la pared que había a sus espaldas. Entonces, la unió a su cuerpo tan íntimamente que ella se sintió como si pudiera sentir los huesos y los duros músculos de aquel esbelto cuerpo. Al contrario que el suyo, el corazón de Vidal latía tranquilamente. Era el corazón de un ganador que, con éxito, había atrapado a su presa.

Fliss sintió que los latidos de su corazón se aceleraban cada vez más, arrebatándole con ellos su capacidad de pensar o sentir racionalmente, convirtiéndola en una versión de sí misma que apenas reconocía.

Vidal sabía que no debería estar haciendo aquello, pero no podía detenerse. Tantas noches apartándose de sueños prohibidos en los que la tenía entre sus brazos así, de aquella manera. Felicity ya no tenía dieciséis años. Ya no era una mujer prohibida para él por su código moral.

La muchacha de la mirada asombrada, llena de la inocencia de una adolescente, jamás había existido más que en su imaginación. Había pasado noches sin dormir, completamente atormentado, mientras que ella distaba mucho de ser casta.

Mientras inclinaba la cabeza hacia la de ella, sintió los latidos de su corazón y la cálida suavidad de los senos que se apretaban contra su torso, los senos que tanto había deseado liberar de la camiseta que los cubría para poder admirar su perfección. Para poder tocarlos, para poder sentir cómo los pezones se erguían bajo sus dedos. Para poder llevárselos a la boca y besárselos hasta que el cuerpo de ella se arqueaba deseando que él la poseyera.

¡No! No debía hacerlo.

Hizo ademán de soltarla, pero Fliss tembló violentamente contra él. El sonido que emitió su garganta frustró la determinación que él había tomado.

Felicity sabía que él no tardaría mucho en besarla. Sus labios se entreabrirían para protestar, no para aceptar la dominación que él le imponía y mucho menos porque lo deseara. Y, sin embargo...

Sin embargo, bajo la ropa, bajo la camiseta y el sencillo sujetador que llevaba puesto, sus senos habían empezado a experimentar sensaciones que parecían extenderse desde el punto en el que él le cubría la garganta con la mano hasta los pezones erectos. Ella tembló, admitiendo a su pesar que su cuerpo no rechazaba aquel contacto. El deseo le corría por las venas como si fuera placer líquido, un placer que anulaba su autocontrol y lo reemplazaba por un profundo anhelo sensual.

El aliento de Vidal le acariciaba la piel. Era limpio y fresco, pero ella notó algo más, algo primitivo y peligroso para una mujer cuya propia sensualidad había roto ya las barreras del autocontrol. El aroma a hombre, que la empujaba a pegarse más a él, le hacía también separar los labios un poco más.

Sus miradas se cruzaron un instante y, entonces, los labios de él apresaron los de ella. Su presión le excitó los sentidos salvajemente, causando una cálida explosión de placer que llenó la parte inferior de su cuerpo de deseo líquido.

Fliss trató de oponerse a lo que estaba sintiendo. Emitió un sonido que tenía la intención de ser de protesta aunque sus oídos lo interpretaron como un escandaloso gemido de necesidad, una necesidad que se vio incrementada por el insistente contacto del cuerpo de Vidal con el suyo, por el modo en el que la lengua tomaba posesión la suavidad de su boca, enredándose con la suya, llevándola a un lugar de oscura sensualidad y de peligro. El cuerpo de Fliss estaba ardiendo, vibrando con una reacción que parecía haber explotado dentro de ella. Cerró los ojos...

Vidal sintió la fuerza de su furioso deseo recorriéndole el cuerpo, derribando barreras dentro de sí mismo que él había considerado impenetrables. Cuanto más intentaba recuperar el control, más salvaje era su reacción. Ira y deseo masculino fuera de control. Cada uno era peligroso por separado, pero juntos tenían el poder de hacer trizas el respeto hacia sí mismo de un hombre.

En su imaginación, vio el cuerpo de Fliss como más lo deseaba: desnudo, ansioso por apaciguar la pasión masculina que había desatado, ofreciéndose. Su blanca piel parecería de nácar con el sudor que provocaría su propia excitación. Las rosadas cimas de sus pechos florecerían en duros ángulos que buscarían desesperadamente la caricia de las manos y de los labios de él.

Se maldijo mentalmente a sí mismo y la soltó abruptamente.

La conmoción de la transición de un beso tan íntimo a la realidad de quién la había estado besando había dejado a Fliss temblando de repulsión. Antes de que pudiera recobrar la compostura, antes de que pudiera hacer algo, antes de que pudiera decirle a Vidal lo que pensaba de él, Vidal comenzó a hablar, como si no hubiera ocurrido nada entre ellos.

—Lo que había venido a decirte es que tendremos que madrugar mañana por la mañana dado que tenemos una cita a las diez en punto con el abogado de tu padre. Rosa te enviará a alguien con el desayuno, dado que no se espera que mi madre regrese hasta mañana. También tengo que decirte que cualquier intento futuro por tu parte para... para persuadirme de que satisfaga tus deseos carnales estará tan destinado al fracaso como éste –dijo, torciendo la boca cínicamente y dedicándole una insultante mirada–. Jamás me han atraído los bienes demasiado usados.

Temblado de ir al escuchar aquel insulto, Fliss perdió la cabeza.

–Tú fuiste el que empezó esto, no yo. Y... y te equivocas sobre mí. Siempre has estado equivocado. Lo que viste...

–Lo que vi fue una golfa de dieciséis años tumbada en la cama de su madre, permitiendo que un borracho la manoscara y presumiera de que iba a poseerla porque el resto de su equipo de fútbol ya lo había hecho.

–¡Fuera de aquí! –le ordenó ella con la voz llena de ira–. ¡Fuera de aquí!

Vidal se apartó de ella y salió inmediatamente por la puerta.

En cuanto Felicity pudo moverse, se abalanzó sobre la puerta y echó la llave. Lágrimas de ira y vergüenza comenzaron a derramársele por el rostro.

Capítulo 3

YA era demasiado tarde para tratar de contener los recuerdos. Se presentaban ante ella con todos sus crueles y duros detalles.

Se sentó en una de las sillas con la cabeza entre las manos. Se había sentido dolida y sorprendida cuando Vidal le dijo que había interceptado la carta que ella le había escrito a su padre. Aquella reacción por parte de alguien a quien ella había puesto en un pedestal le dolió profundamente, añadiéndose a la frialdad que Vidal mostraba hacia ella. Veía además la calidez con la que trataba a su madre y eso hacía que el rechazo fuera aún peor. No se mostraba frío con las dos. Tan sólo con ella.

Cuando su madre le dijo que Vidal la iba a invitar a cenar para darle las gracias por haberlo alojado en su casa, Fliss le había preguntado si podía invitar a algunos amigos para celebrar el final de curso y de los exámenes. Su madre había estado de acuerdo, siempre y cuando Fliss prometiera invitar tan sólo a media docena de compañeros. El trato le había parecido justo por lo que se había sentido horrorizada cuando su pequeña reunión se vio interrumpida por la llegada de lo que parecían ser docenas de adolescentes, muchos de los cuales ya iban muy bebidos.

Fliss había tratado de convencerlos para que se marcharan, pero sus esfuerzos habían sido en vano. Rory, uno de los chicos, era el líder de una de las peores pandillas del instituto. Jugaba en el equipo de fútbol y era muy popular. Se había ido arriba con la chica que había llegado con él, y a la que Fliss ni siquiera conocía, y ésta los había seguido. Se quedó horrorizada al ver que entraban en el dormitorio de su madre.

En la discusión que se produjo entonces la chica se marchó y Rory, furioso con Fliss por haberle estropeado la diversión, la agarró y la tumbó en la cama. Sus actos convirtieron la ira de Fliss en miedo. Trató de soltarse y de enfrentarse a él, pero Rory se rió de ella y le vertió cerveza por encima, y luego se tumbó encima de ella.

Justo en aquel momento, la puerta se abrió y Fliss vio a su madre y a Vidal en el umbral. Al principio, se sintió aliviada, pero entonces notó el gesto que había en el rostro de Vidal. Rory también se dio cuenta porque entonces soltó aquel comentario asqueroso y falso sobre el resto de su equipo de fútbol, a lo que añadió una afirmación igualmente falsa.

—Le encanta. No se cansa nunca. Preguntádselo a cualquiera de los chicos. Todos sabes que siempre está dispuesta. Una ninfómana en potencia. Eso es lo que ella es.

Fliss aún recordaba la incredulidad que se había apoderado de ella, impidiéndole por completo hablar o moverse. Defenderse de aquellas falsedades. En vez de eso, había permanecido tumbada, inmovilizada por el terror, mientras que Vidal arrancaba a Rory de la cama y lo echaba de la casa.

Recordaba perfectamente el rostro incrédulo de su madre antes de marcharse detrás de Vidal.

Por supuesto, más tarde le había explicado a su madre todo lo ocurrido y, afortunadamente, ella la había creído, pero, para entonces, Vidal ya estaba de camino a España. El dolor que Fliss había sentido al ver el desprecio y el asco que se reflejaba en los ojos de él al mirarla había convertido la atracción que sentía hacia él en repulsión e ira.

Jamás había regresado al instituto. Tres de sus amigas y ella se habían cambiado a un colegio privado gracias a la excelencia de sus resultados académicos. Fliss se había jurado en silencio que conseguiría que su madre se sintiera orgullosa de ella. Jamás permitiría que otro hombre la mirara como Vidal lo había hecho. Jamás había comentado con nadie el daño que le había hecho que Vidal malinterpretara sus actos de aquella manera. Era su íntima vergüenza, una vergüenza que Vidal se había ocupado de resucitar.

Vidal estaba abajo, en la biblioteca de altos techos adornados con frescos y elegantes estanterías cargadas de volúmenes encuadernados de cuero. Estaba inmóvil, mirando al vacío. Se enorgullecía de ser un hombre de fuertes principios, de profundas pasiones y convicciones sobre sus antepasados y sus deberes para con su familia y para las personas que dependían de él. Nunca antes la fuerza de esas pasiones se había transformado en la furia que Felicity había despertado en él. Nunca antes había estado tan cerca de que su autocontrol se consumiera en un fuego tan intenso.

Cerró los ojos y los volvió a abrir. Había creído que había dejado el pasado atrás, pero Felicity lo había devuelto a la vida con más fuerza que nunca.

Necesitaba que aquello terminara. Necesitaba alejarse del pasado y pasar página. Necesitaba librarse de él y, para que aquello ocurriera, necesitaba librarse de Felicity.

Apretó la boca. En cuanto hubieran visto al abogado de Felipe y se hubieran realizado las gestiones necesarias para que pudiera comprarle a Felicity la casa que su padre le había dejado, la arrancaría de su vida, en aquella ocasión permanentemente.

Arriba, en el cuarto de baño que había dentro del dormitorio, Fliss estaba inmóvil bajo el potente chorro de la ducha. Había echado la llave de la puerta. Ya no lloraba. Ya no sentía ira, a excepción de la que experimentaba contra sí misma y que ninguna ducha, por poderosa que fuera, podría hacer desaparecer. Tampoco el agua podría borrar la mancha que ella misma había marcado en su orgullo por lo que había hecho al responder al beso de Vidal.

Salió de la ducha y tomó una toalla. Tal vez no debería haber ido allí. Sin embargo, eso era lo que Vidal había querido, ¿no? La carta que había enviado para informarle de que su padre le había dejado su casa le había dejado muy claro también que su presencia no era necesaria. No era necesario para él, pero sí para ella.

Se secó rápidamente el cabello con una toalla. Su cuerpo estaba oculto por la suave toalla con la que se había envuelto y que la cubría desde los senos a los pies. No tenía deseo alguno de contemplar el cuerpo que la había traicionado. ¿O acaso era ella la que se había traicionado a sí misma? Si hubiera tenido más experiencia, más amantes, el estilo de vida y los hombres a los que Vidal le había acusado de entregarse, si no se hubiera negado a permitir que su sensualidad conociera los placeres para los que estaba hecha, seguramente habría estado mejor preparada para enfrentarse a lo que le estaba ocurriendo en aquellos momentos.

Era imposible que deseara a Vidal. Imposible. Una mujer tendría que estar completamente privada de orgullo para permitirse sentir deseo alguno por un hombre que la trataba como lo hacía él. Era el pasado el responsable de lo que le estaba ocurriendo. El pasado y las heridas sin curar que Vidal le había infligido...

Un sonido sobre la puerta de su dormitorio sacó a Fliss del intranquilo sueño que había terminado por conciliar después de lo que le habían parecido horas de insomnio. Al principio, la imagen que conjuró su pensamiento fue la de Vidal, imaginando sus largos dedos agarrando el pomo de la puerta. Inmediatamente, las sensaciones hicieron arder su cuerpo, prendiendo un deseo poco familiar y no deseado que la escandalizó.

La oscuridad de la noche, con sus sensuales y tentadores susurros y tormentos, había terminado. Ya era de día. La luz y los rayos del sol entraban a raudales en el dormitorio a través de las ventanas dado que ella se había olvidado de echar las cortinas la noche anterior.

Aún se escuchaba un leve golpeteo contra la puerta que era demasiado delicado para proceder de un hombre como Vidal.

Fliss se levantó de la cama al recordar que había echado la llave a la puerta y abrió. Allí, descubrió a una joven doncella de aspecto nervioso que empujaba el carrito que contenía su desayuno.

Tras darle las gracias, Fliss miró el reloj. Eran más de las ocho y la cita con el abogado de su difunto padre era a las diez. No tenía ni idea de dónde estaba el bufete ni cuánto tiempo se tardaría en llegar allí. Hubiera preferido ir sola, pero, como Vidal era el albacea de su padre, era imposible.

Cuando la doncella se marchó, se tomó unos tragos de un delicioso y fragante café y comió unos bocados de los delicados bollos de pan caliente que había untado con mermelada de naranja. Media hora más tarde, se había duchado y se había puesto una camiseta limpia y una falda oscura. Se había recogido el cabello con un pasador que, sin querer, revelaba la delicadeza de sus rasgos y la esbelta longitud de su cuello. Automáticamente, se tocó el colgante de oro que llevaba colgado al cuello, regalo de su padre a su madre. Su madre siempre lo había llevado puesto y Fliss lo llevaba siempre en su honor.

Tras aplicarse un ligero maquillaje, estuvo completamente lista. Justo a tiempo. En aquel momento, alguien volvió a llamar a su puerta, en aquella ocasión con más firmeza. Cuando abrió la puerta, Fliss vio que era Rosa; tenía una expresión tan dura y desaprobadora como la noche anterior.

–Tiene que bajar a la biblioteca. Yo le mostraré el camino –le anunció el ama de llaves en español, con unos ojos acerados como el pedernal, mirándola como si estuviera comparando su aspecto con el de la clase de mujeres que, sin duda, Vidal prefería.

¿Y qué? Estaba allí para hablar con los abogados de su padre, no para impresionar con su atuendo a un hombre que la despreciaba.

El único sonido que rompía el silencio que reinaba en la casa eran los pasos de las dos mujeres bajando la escalera. Al llegar frente a una imponente puerta, el ama de llaves la abrió y le dijo rápidamente que debía esperar a Vidal en el interior de aquella estancia.

En circunstancias normales, a Fliss le habría sido imposible resistirse a mirar los títulos de los libros que llenaban las estanterías, pero por alguna razón, se sentía demasiado nerviosa para hacer otra cosa que desear fervientemente que la reunión a la que tenía que acudir terminara rápidamente.

¿Y por qué? ¿Por qué tenía que sentirse nerviosa? Ya conocía el contenido del testamento de su padre en lo que se refería a ella. Le había dejado la casa que él había heredado de la abuela de Vidal, que estaba en la finca del valle Lecrín, junto con una pequeña suma de dinero. Las tierras que rodeaban a la casa habían pasado a formar parte de nuevo de la finca principal.

¿Se equivocaba al sentir que, en aquella cesión, había un mensaje escrito para ella? ¿Acaso era su propio anhelo lo que le hacía esperar que era el gesto de un padre que se arrepentía de no haber tenido contacto con ella? ¿Era una tontería anhelar encontrar allí algo de lo que podía haber sido, el fantasmal espectro del arrepentimiento que le caldeara el corazón y le estuviera esperando en la casa que su padre le había dejado?

Fliss sabía que, si Vidal supiera lo que ella estaba pensando, destruiría sus frágiles esperanzas y no le dejaría nada que suavizara el rechazo de sus años de infancia. Por eso, él no debía saber la razón de haber ido allí en vez de haberse quedado en Inglaterra, tal y como él le había ordenado. En la casa donde su padre había vivido ella podría encontrar por fin algo que aliviara el dolor con el que había crecido. Después de todo, su padre debía de haberle dejado aquella casa con una intención. Un acto como aquél era en sí mismo un acto de amor.

Por supuesto, no podía dejar de desear que la casa estuviera en otro lugar que no formara parte de los terrenos que formaban parte de la finca de la familia de Vidal. Por muy lujosa que fuera aquella casa en la ciudad, Fliss sabía por su madre que no se podía comparar con la magnificencia del castillo ducal, situado en el idílico y hermoso valle de Lecrín, al sur de Granada. Situado en las laderas del suroeste de Sierra Nevada, en dirección a la costa, el valle había sido muy apreciado por los árabes, que hablaban de la zona como el valle de la Felicidad. Su madre se emocionaba cuando le explicaba que el aire portaba una agradable fragancia de los huertos cercanos que rodeaban el castillo. Los olivos, almendros, cerezos y viñedos que ocupaban las muchas hectáreas de la tierra de la finca producían en abundancia. La casa que era propiedad de su padre era conocida como «la casa de la flor del almendro» porque estaba construida en un terreno con ese tipo de árboles.

¿Qué intención tenía Vidal al tenerla esperando allí a solas, en aquella sala tan austera? ¿Por qué no la había llamado Rosa simplemente cuando Vidal hubiera estado listo para salir en dirección al bufete? ¿Por qué quería hacerla esperar allí?

Justo en aquel momento, la puerta se abrió y Vidal entró en la sala. Iba vestido con unos pantalones negros que se ceñían perfectamente a sus caderas y se estiraban con el movimiento de sus muslos, atrayendo la mirada traidora de Fliss hacia los músculos que había debajo. Después, alzó osadamente, los ojos, topándose con la camisa blanca que cubría su fuerte torso.

Asqueada, Fliss se dio cuenta de que la imaginación se había unido a la traición y le estaba proporcionando imágenes en absoluto deseadas sobre lo que había debajo de aquella camisa, ayudada sin duda por su proximidad con Vidal la noche anterior.

Sólo cuando llegó a la garganta pudo ella por fin apartar la mirada y llevarla hasta los brillantes zapatos para no caer presa de la boca o de aquellos ojos color topacio.

Se sintió sin aliento. Sus sentidos experimentaban algo que ella insistía en que era desagrado y desaprobación, y no una horrible y no deseada oleada de deseo.

El corazón comenzó a latirle demasiado rápidamente. El sonido le llegaba hasta los oídos, como si fuera una llamada de advertencia. Los labios le empezaron a arder. Cuánta traición de su propio cuerpo. Trató de pensar en su padre y recordarse por qué estaba allí.

Respiró profundamente.

–Son casi las diez. Me parece recordar que anoche me advertiste que no llegara tarde a la cita que tenemos con el abogado de mi padre, pero, aparentemente, a ti no se te aplican las mismas reglas.

Vidal tenía el ceño fruncido. Evidentemente, no le gustaba que ella se hubiera atrevido a cuestionarle de aquella manera. Le respondió con frialdad.

–Como tú dices, son casi las diez, pero dado que el señor González no ha llegado aún, creo que puedo ser puntual.

–¿El abogado va a venir aquí? –preguntó ella, muy sorprendida. Se sintió como una niña a la que sorprenden dando un paso en falso. Por supuesto, un hombre tan aristocrático y tan arrogante como Vidal esperaría que los abogados acudieran a él y no al revés.

El fuerte sonido del timbre desde el otro lado del vestíbulo silenció cualquier comentario que Fliss pudiera haber intentado hacer.

Sin duda sintiéndose que le había ganado la partida, Vidal salió de la biblioteca y fue a recibir al recién llegado. Fliss oyó cómo lo saludaba y le daba la bienvenida.

–Café en la biblioteca, por favor, Rosa –le dijo Vidal al ama de llaves mientras los dos hombres se dirigían a la biblioteca.

Fliss no tenía razón alguna para tener miedo o sentirse nerviosa, pero experimentaba las dos cosas. Vidal hizo pasar al abogado a la biblioteca y luego se lo presentó. El letrado le dedicó a Fliss una formal y algo pasada de moda inclinación de cabeza antes de extender la mano para estrechar la de ella.

—El señor González repasará los términos del testamento de tu difunto padre en lo que se refieren a ti. Como te expliqué en la carta que te envié, como albacea del testamento de tu padre es mi deber que se cumplan sus deseos.

Señaló el escritorio que había a un lado de la sala. Mientras tomaba asiendo, Fliss reflexionó sobre el hecho de que, con toda seguridad, el abogado estaría del lado de Vidal, por lo que tendría que estar en guardia con ambos.

—Ya sé que mi difunto padre me ha dejado su casa —dijo Fliss cuando todos estuvieron sentados. Interrumpió lo que estaba diciendo cuando una doncella entró con el café y lo sirvió con la debida ceremonia antes de volver a marcharse.

—Felipe quería compensarte por el hecho de no haber podido reconocerte formal y públicamente en vida —le comunicó el señor González.

Fliss digirió aquellas palabras en silencio.

—Económicamente...

—Económicamente no tengo necesidad alguna de la herencia de mi padre —lo interrumpió Fliss rápidamente.

No iba a permitir que Vidal tuviera peor opinión de ella de lo que ya tenía y pensara que era el aspecto económico de su herencia lo que la había llevado hasta allí. La verdad era que hubiera preferido tener una carta personal de su padre proclamando su amor más que cualquier cantidad de dinero.

—Gracias a la generosidad de una de mis parientes en Inglaterra, mi madre y yo nunca sufrimos económicamente por el hecho de que mi padre nos rechazara. La tía abuela de mi madre no nos rechazó. Pensó lo suficiente en nosotras como para querer ayudarnos. Se preocupó cuando otros no lo hicieron.

Fliss se sintió muy orgullosa de señalar a los dos hombres que había sido la familia de su madre la que las había salvado de la penuria, la que la querían los suficiente para querer hacer eso.

Sabía que Vidal la estaba observando, pero no iba a darle la satisfacción de mirarlo para que él pudiera demostrarle el desprecio que sentía hacia ella.

–¿Hay alguna pregunta que desee usted hacer sobre el legado que su padre le ha concedido antes de que prosigamos? –le sugirió el abogado.

Fliss respiró profundamente. Allí estaba la oportunidad que tan desesperadamente había deseado para realizar la pregunta cuya respuesta tanto anhelaba.

–Hay algo –dijo, consciente de que Vidal la estaba observando atentamente–. Sé que existía una disposición de la familia para que mi padre se casara con una joven que habían escogido para que fuera su futura esposa, pero, según la carta que usted me envió, él nunca se casó.

–Es cierto –afirmó el señor González.

–¿Qué ocurrió? ¿Por qué no se casó con ella?

–El señor González es incapaz de proporcionar la respuesta a esa pregunta.

La dura e incisiva voz de Vidal rompió el silencio que se produjo tras aquella pregunta, lo que provocó que Fliss se volviera para mirarlo.

–Sin embargo, yo sí puedo hacerlo –añadió él–. Tu padre no se casó con Isabel de la Fuente porque la familia de ella se negó al enlace. Aunque presentaron otra excusa, resultó evidente que se habían enterado del escándalo que lo rodeó. Además, su salud se deterioró, por lo que no se hicieron más intentos por casarlo. ¿Qué estabas esperando escuchar? ¿Que no se casó por sentirse culpable y arrepentido? Siento desilusionarte. Felipe no era la clase de hombre que se opusiera a los deseos de la familia.

Fliss sintió que la ira se apoderaba de ella. Notó que Vidal la estaba mirando como si pudiera hacerse dueño de su mente y apoderarse hasta de sus pensamientos si ella se lo permitía. Sin embargo, ella no iba a consentir que así fuera. Lo sentía por la mujer con la que él terminara casándose porque se esperaría de ella que se rindiera por completo en cuerpo y alma al control de Vidal.

El corazón le golpeó contra el pecho. Se aseguró que despreciaba por completo lo que él era y ciertamente ninguna parte de su ser sentía deseos de saber lo que sería verse poseída por completo por un hombre como Vidal.

–Lo que ocurrió en el pasado ocurrió, y te sugeriría que serías mucho más feliz si te permitieras seguir adelante con tu vida.

Fliss apartó los lascivos pensamientos de su mente y se centró en la voz de Vidal.

–Si tú cuestionabas tanto a tu madre, debiste de causarle un gran dolor no permitiendo que el asunto se olvidara.

La dureza de aquella acusación estuvo a punto

de dejar sin palabras a Fliss. Tenía que reaccionar para que Vidal no viera lo fácilmente que había encontrado el punto en el que era más vulnerable. Se defendió inmediatamente.

–Mi madre no quería olvidar a mi padre. Ella llevó este colgante hasta el día en el que murió. Nunca dejó de amarlo.

El colgante de oro relucía contra el cuello de Fliss. Vidal recordaba perfectamente el día cn el que Felipe se lo colocó a la madre de Fliss alrededor del cuello.

Había sido allí, en Granada, donde Felipe lo compró para ella. Él se los había encontrado cuando iban de camino hacia la Alhambra, y había dicho que un asunto inesperado lo había llevado a la capital. Habían estado paseando frente a algunas joyerías y, cuando Vidal le contó a Felipe que era el cumpleaños de Annabel, él insistió en entrar en una de las tiendas y comprar el colgante para ella.

Vidal sacudió la cabeza para tratar de volver al presente.

–Según tengo entendido, la casa es mía y puedo hacer lo que yo desee con ella –dijo Fliss, desafiando a Vidal a que la contradijera.

–Es cierto –afirmó el abogado–, pero dado que la casa era originalmente parte de la finca más emblemática del ducado, es lógico que Vidal se la compre. Después de todo, no creo que usted tenga deseo alguno de hacerse cargo de las responsabilidades de una propiedad así.

–¿Quieres comprarme la casa? –le espetó ella a Vidal.

–Sí. Supongo que te lo habrás imaginado.

Como el señor González acaba de decir, la casa pertenecía originalmente a la finca. Si lo que te preocupa es que pueda engañarte en cuanto a su verdadero valor, algo de lo que estoy seguro, dada tu evidente hostilidad hacia mí, te aseguro que no es así. La casa será valorada por un profesional independiente.

Fliss se dirigió de nuevo al abogado.

—Quiero ver la casa antes de que se venda. Mi padre vivió allí. Era su hogar. Estoy segura de que se considera natural que yo quiera ir allí a verla.

El abogado pareció incómodo y miró en dirección a Vidal como si estuviera buscando su aprobación.

—La casa me pertenece a mí —le recordó ella—. Si quiero ir allí, no me lo puede impedir nadie.

Se produjo un tenso silencio. Entonces, Fliss oyó que Vidal respiraba profundamente.

—Tengo algunos asuntos de los que ocuparme en el castillo, Luis —le dijo él al abogado utilizando su nombre de pila por primera vez—. Yo acompañaré a Felicity allí mañana para que ella pueda satisfacer su curiosidad.

El abogado pareció aliviado y agradecido. Entonces, Vidal se puso de pie indicando así que su reunión había terminado ya.

—Nos reuniremos de nuevo dentro de unos días para finalizar este asunto —dijo.

Fliss notó que el abogado evitaba mirarla cuando le dio la mano antes de marcharse . Vidal y él salieron juntos de la biblioteca, dejándola allí a ella sola.

Efectivamente, estaba sola. Completamente

sola. No tenía a nadie que la apoyara. Nadie que la protegiera.

¿Que la protegiera? ¿De qué? ¿De Vidal o de los sentimientos que él despertaba en ella y que hacían que su cuerpo respondiera a la masculinidad de él de un modo vergonzoso y traicionero teniendo en cuenta lo que sabía de él?

Alejó esos pensamientos de su mente. Había bajado la guardia accidentalmente y, de algún modo, se había fijado en Vidal como hombre. Había sido un error, eso era todo. Algo que podría enmendar asegurándose de que no volviera a ocurrir.

La copia del testamento de su padre que el señor González le había dado aún estaba sobre el escritorio. Fliss la tomó y se fijó en la firma de su padre. ¿Cuántas veces de niña había susurrado aquel nombre una y otra vez, como si fuera una clase de hechizo mágico que pudiera conseguir que su padre formara parte de su vida? Sin embargo, no había sido así y no lo encontraría en la casa en la que él había vivido. ¿Cómo iba a poder ser así cuando ya estaba muerto? No obstante, tenía que ir allí.

¿Tal vez porque Vidal no quería que fuera?

No. Por supuesto que no. Por su padre, no por Vidal.

Se sintió como si sus sentimientos amenazaran con ahogarla. Casi no podía respirar por la fuerza de lo que estaba experimentando. Tenía que salir de aquella casa. Tenía que respirar un aire que no estuviera viciado por la presencia de Vidal.

El vestíbulo estaba vacío cuando lo atravesó. Se dirigió hacia la escalera con la intención de tomar su bolso y sus gafas de sol. Saldría para visitar la ciudad, para olvidarse de la indeseable influencia que Vidal parecía ejercer sobre ella.

Diez minutos más tarde, Vidal observó desde la ventana de la biblioteca cómo Fliss se marchaba de la casa. Si él se hubiera salido con la suya, lo habría hecho en dirección al aeropuerto. Para siempre. Tenía bastantes cosas en las que pensar sin tenerla alrededor, recordándole las cosas que hubiera preferido que quedaran entre las sombras del pasado.

Aún no había logrado asimilar su comportamiento de la noche anterior ni su incapacidad para imponer su voluntad sobre su cuerpo.

Capítulo 4

FLISS se pasó prácticamente todo el día explorando la ciudad. La ciudad, pero no la Alhambra. Aún no estaba preparada para eso. Después de la conversación de aquella mañana con Vidal, se sentía demasiado vulnerable para visitar el lugar en el que su padre le declaró por primera vez su amor a su madre, donde el muchacho había sido testigo de una amor del que no había dudado en informar a su abuela.

Almorzó en un pequeño bar de tapas. No había tenido demasiada hambre y sentía que no había hecho justicia a las deliciosas especialidades con las que le habían obsequiado. Tras visitar el antiguo barrio moro de la ciudad, se vio obligada a admitir que su cuerpo ya había tenido bastante de pavimentos adoquinados y de la intensa luz del sol. Ansiaba el frescor que prometía el jardín al que daba su dormitorio.

Le abrió la puerta la misma tímida doncella que le había llevado el desayuno aquella mañana. Por suerte, no había rastro de Vidal por ninguna parte y la puerta de la biblioteca permanecía firmemente cerrada. Le preguntó a la doncella cómo podía llegar al jardín y le dio las gracias cuando la muchacha se lo hubo explicado.

Mientras estaba fuera, aprovechó la oportunidad para ir de compras y adquirir algunas prendas que complementaran las que había llevado desde Inglaterra. Dado que se alojaba en la casa de la familia de su padre, necesitaría algo más. Se había inclinado por un vestido de algodón de un precioso color crema, otro de lino azul, un par de pantalones cortos de color tabaco y un par de camisetas. Ropa fresca, práctica, fácil de llevar, con la que se sentiría mucho más cómoda que con vaqueros.

Ya en su dormitorio, se dio una ducha y se puso el vestido de color crema que resultaba muy fresco acompañado de las sandalias que se había llevado desde Inglaterra. Volvió a bajar las escaleras y encontró rápidamente el pasillo que le había descrito la doncella. Éste la condujo hacia una especie de galería que recorría todo el jardín. Acababa de salir al exterior cuando se detuvo en seco. Se había dado cuenta de que no estaba sola.

La mujer que estaba sentada en una ornamentada mesa de hierro forjado estaba tomando una taza de café. Tenía que ser la madre de Vidal. Los dos tenían los mismos ojos, aunque los de la dama eran cálidos y amables en vez de fríos como los de su hijo.

—Tú debes de ser la hija de Annabel —dijo la duquesa antes de que Fliss pudiera retirarse—. Te pareces mucho a ella, pero creo que también tienes algo de tu padre. Lo veo en tu expresión. Por favor, ven y siéntate a mi lado —añadió, golpeando suavemente la silla vacía que había al lado de la de ella.

Algo temerosa, Fliss se dirigió hacia ella.

La duquesa era alta y esbelta. Su cabello oscuro

estaba ya teñido de gris y lo llevaba recogido en un estilo elegante y formal. Sonrió a Fliss y se disculpó.

—Siento no haber estado aquí ayer para darte la bienvenida. Vidal te habrá explicado que tengo una amiga que no se encuentra muy bien —añadió con cierta tristeza.

—Espero que su amiga se encuentre mejor —preguntó Fliss cortésmente.

—Es muy valiente. Tiene Parkinson, pero hace que parezca una cosa sin importancia. Fuimos juntas al colegio y nos conocemos de toda la vida. Vidal me ha dicho que te va a llevar mañana a ver la casa de tu padre. Me habría gustado acompañaros, pero el esposo de mi amiga ha tenido que ausentarse inesperadamente por un asunto urgente y he prometido hacerle compañía hasta que él regrese.

—No importa. Lo comprendo perfectamente —dijo Fliss. Dejó de hablar cuando se dio cuenta de que la duquesa estaba mirando por encima de ella hacia las sombras de la casa y sonreía—. Hola, Vidal. Estaba explicándole a Fliss lo mucho que siento no poder acompañaros mañana.

Vidal.

¿Por qué le recorría aquel temblor por la espalda? ¿Por qué de repente se sentía tan consciente de su propio cuerpo y de sus reacciones, de su feminidad y de su sensualidad? Debía dejar de comportarse de ese modo. Debía ignorar aquellos sentimientos no deseados en vez de centrarse en ellos.

—Estoy segura de que Felicity lo entiende, mamá. ¿Cómo está Cecilia?

Al escuchar la voz de Vidal, el corazón de Fliss

se aceleró de tal manera, que la hizo sentirse más nerviosa de lo que ya estaba. Se dijo que aquella reacción se debía a lo mucho que lo odiaba. Porque lo odiaba por haber traicionado a su madre.

–Está muy débil y cansada –respondió la duquesa–. ¿Por qué no te sientas con nosotras unos minutos? Llamaré para pedir café recién hecho. Fliss se parece mucho a su madre con ese vestido tan bonito, ¿no te parece?

–Sospecho que Felicity tiene una personalidad muy diferente a la de su madre.

–Así es, y me alegro. La bondad de mi madre sólo hizo que la trataran mal.

Fliss vio que la duquesa palidecía y que la boca de Vidal se tensaba. Aquel comentario no era la clase de observación que una invitada debía hacer en casa de su anfitrión, pero ella no había pedido alojarse allí. Con eso, se dio la vuelta y se dirigió al lado opuesto del patio, deseando poner toda la distancia que fuera posible entre Vidal y ella.

La única razón por la que había elegido escaparse hacia el jardín y no hacia la casa era que para entrar en la casa habría tenido que pasar al lado de él. Sabiendo lo vulnerable que era su cuerpo, prefirió no hacerlo.

Cuando estuvo lo suficientemente alejada y oculta por las rosas, se llevó la mano al pecho para tranquilizarse. Entonces, se dio cuenta de que Vidal la había seguido.

Sin preámbulo alguno, él se dispuso a lanzar su ataque verbal y le dijo muy fríamente:

–Puedes ser todo lo desagradable que quieras conmigo, pero no voy a consentir que dagas daño o disgustes a mi madre, en especial en estos momentos cuando no hace más que pensar en la salud de su amiga. Mi madre no te ha mostrado nada más que cortesía.

–Eso es cierto –admitió Fliss–. Sin embargo, no creo que tú seas la persona más adecuada para decirme cómo debo comportarme, ¿no te parece? Después de todo, no tuviste reparo alguna la hora de interceptar la carta que le envié a mi padre –le acusó con voz temblorosa.

Fliss estaba temblando. Su único deseo era escapar de la presencia de Vidal antes de hacer el ridículo diciéndole lo injustamente que él la había juzgado y el mucho daño que esa opinión errónea le había hecho a ella. El mucho daño que aún seguía haciéndole.

Evitó mirarlo y se dispuso a alejarse de allí rápidamente para regresar a la casa, pero, desgraciadamente, resbaló con los pétalos de rosa que había esparcidos por el suelo. Unas fuertes manos la agarraron de repente para evitar que cayera. Fliss experimentó una automática sensación de gratitud pero, tan pronto comprendió a quién pertenecían aquellas manos, y el cuerpo contra el que se había apoyado, la gratitud se vio reemplazada por pánico. Luchó frenéticamente por librarse, sintiéndose profundamente alarmada por el modo en el que su cuerpo estaba reaccionando al contacto íntimo que había entre ellos.

Por su parte, Vidal no tenía deseo alguno de seguir sosteniéndola. Al darse la vuelta para ver cómo se alejaba, había visto cómo la luz del sol brillaba a través del fino algodón revelando las curvas femeninas de su cuerpo. Para su incredulidad, había sentido cómo su cuerpo respondía. Instantes después, al tenerla retorciéndose y girándose entre sus brazos, sintiendo cómo los senos subían y bajaban con agitación y el aliento de Fliss le acariciaba la pie, notó que se despertaba en él un instinto que no era capaz de negar, un instinto que exigía que él saboreara la erótica y tierna carne de aquellos labios, que encontrara y poseyera las redondeadas curvas de sus senos y que sostuviera la parte inferior de su cuerpo tan cercana a su propia sexo excitado.

En un intento por apartar a Vidal, Fliss extendió la mano. Su cuerpo entero se tensó cuando tocó con las yemas de los dedos la suave calidez del torso desnudo de él. Miró hacia el lugar donde su mano estaba descansando y vio que la camisa de Vidal estaba desabrochada casi hasta la cintura. ¿Había hecho ella eso? ¿Había hecho ella que saltaran los botones cuando se agarró a él para tratar de apartarlo? Tenía la mano apoyada de pleno contra la dorada piel y el suave vello oscuro que atravesaba el torso y el abdomen de Vidal la hacía sentirse como si la naturaleza hubiera utilizado aquel cuerpo tan perfecto para tentarla.

¿Era el aroma de las rosas o el de Vidal lo que hacía que se sintiera tan débil? Se sintió obligada a apoyarse contra él. La mirada dorada de Vidal se fijaba en la de ella. Entonces, Fliss sintió que le faltaba el aliento cuando él centró la mirada en su boca.

El temblor que recorrió su cuerpo fue como si el deseo que sentía hacia él fuera imposible de controlar, el suspiro de aquiescencia, la líquida mirada de anhelo... Todo podría formar parte de un plan deliberado para atraerlo. Sin embargo, mientras la mente de Vidal pensaba de esc modo, su cuerpo no tenía tales inhibiciones. La ira contra sí mismo y contra la mujer que tenía entre sus brazos explotó a través de él por medio de una salvaje demostración de necesidad masculina.

Bajo el fiero ataque de aquel beso, las defensas ya bastante debilitadas de Fliss cedieron. Sus temblorosos labios se abrieron ante el empuje de la lengua de él. Una pesada y dolorosa sensación se adueñó de la parte inferior de su cuerpo. Un insistente hormigueo fue creciendo al ritmo que el estallido de placer que los dedos de Vidal le estaban proporcionando sobre el erecto pezón.

Fliss jamás se había considerado una mujer cuya sensualidad tuviera el poder de someter a su autocontrol. Sin embargo, en aquellos momentos, para su sorpresa, Vidal le estaba demostrando que estaba muy equivocada. La excitación que estaba experimentando, la necesidad de intimidad que anhelaba la estaba poseyendo por completo, derribando sus barreras y toda la resistencia que ella pudiera tratar de interponer. El deseo que tenía de sentir cómo Vidal le tocaba los senos había cobrado vida mucho antes de que él lo hiciera realmente, de modo que el pezón ya estaba erecto contra la tela del vestido. Su forma y su color eran completamente visibles bajo la tela.

Al notarlo, Vidal no se pudo contener más y bajó la cabeza para saborear el pezón, de color tan parecido a los pétalos de las rosas que les estaban sirviendo de cobijo. Incapaz de detenerse, Fliss lanzó un suave gemido de delirante placer. Las sensaciones que la lengua de Vidal le estaba proporcionando al acariciar la delicada y sensible carne, aliviando unas veces su necesidad y atormentándola en otras con un movimiento de la lengua, la estaba empujando a lo más alto de su deseo y le estaba arrebatando el poco autocontrol del que aún disponía. Arqueó la espalda, levantando el seno más cerca de la boca de Vidal.

El descarado y sensual movimiento del cuerpo de Fliss combinado con el tacto erótico del tenso pezón contra la lengua, hizo que Vidal se olvidara de lo que ella era y de dónde estaban. Por fin la tenía entre sus brazos, a la mujer cuyo recuerdo lo atormentaba. La agarró con fuerza mientras se introducía cada vez más el pezón en la boca. Lejos de satisfacer el volcán de necesidad masculina, ese acto sólo consiguió incrementar aún más el salvaje torrente de deseo que se había apoderado de él.

Fliss temblaba entre sus brazos con un placer desconocido para ella, un placer tan intenso que era mucho más de lo que era capaz de soportar. Quería rasgarse el vestido y sujetar la boca de Vidal contra su seno mientras él satisfacía el creciente y tumultuoso deseo que los fieros movimientos de su boca estaban creando en ella. Al mismo tiempo, quería esconderse de él y de lo que él le estaba haciendo sentir tan rápidamente como pudiera.

Las sensaciones se desataron en su interior, recorriéndole el cuerpo desde el seno al corazón de su sexualidad, haciendo que deseara tocar esa parte de sí misma para ocultar y calmar su frenético pulso.

Vidal la levantó y la estrechó con fuerza contra su cuerpo para que ella pudiera sentir su erección, prendiendo otra oleada de placer en ella.

Por encima de su cabeza, Fliss sólo podía ver el cielo azul. Olía el aroma de sus cuerpos calientes mezclándose con el embriagador perfume de las rosas. Ojalá Vidal la tumbara allí mismo y cubriera su cuerpo con el de él... Ojalá la poseyera... Sentía que el corazón le latía con fuerza en el pecho, como si se tratara de un pájaro atrapado. ¿Acaso no era aquello lo que había deseado todos esos años atrás cuando miraba a Vidal y lo deseaba profundamente?

De repente, una profunda sorpresa le recorrió todo el cuerpo, llenándola de repulsión por su propio comportamiento.

–Basta... basta... ¡Basta ya! No quiero esto.

Aquella exclamación cortó de raíz la excitación de Vidal y lo llenó con un profundo asco por sí mismo. ¿Qué diablos le había pasado? Sabía lo que Fliss era. Lo había visto y lo había escuchado con sus propios oídos.

En cuanto la soltó, se dio la vuelta. Era consciente de la excitación de su cuerpo, una excitación que no deseaba en lo que a él se refería. ¿Cómo había podido permitir que ocurriera algo así?

Temblando, Fliss se colocó la ropa. El rubor que le cubría el rostro y el pecho no se debía sólo a la vergüenza. Los pezones le dolían. Incluso algo tan sencillo y tan necesario como respirar le provocaba una incómoda sensibilidad. Su sexo estaba caliente y henchido, apretándose contra la barrera de las braguitas y dejando que la humedad resultara demasiado evidente. No podía comprender qué era lo que le había ocurrido ni cómo había podido pasar de la más amarga ira al intenso deseo en el espacio de unos de segundos sólo porque Vidal la había tocado. ¿Cómo era posible que se sintiera así?

Vio que Vidal se dirigía hacia la casa. No iba a echar a andar detrás de él, como si fuera un perrito faldero, como la niña que había sido a los dieciséis años. Además, la realidad era que no se sentía con ganas de enfrentarse a nadie en aquel momento. En aquel instante, prefería la intimidad de la rosaleda y su banco, donde podía sentarse y recuperar la compostura.

Pasaron más de diez minutos antes de que pudiera regresar a la casa. Seguramente Vidal ya habría desaparecido, aunque aquel tiempo no había sido suficiente para que a ella se le tranquilizara el corazón. Se estaba empezando a temer que eso jamás iba a ocurrir.

Sumida en sus pensamientos, se había olvidado por completo de la madre de Vidal hasta que llegó a la zona de la galería y vio que la duquesa seguía allí sentada. Ya no podía echarse atrás. La duquesa la había visto y le estaba sonriendo.

Fliss respiró profundamente y se acercó valientemente a ella.

—Siento que mis comentarios puedan haberla ofendido o disgustado. No era mi intención.

La duquesa le agarró el brazo.

—Sospecho que soy yo la que te debe una disculpa, Felicity. Mi hijo suele ser más protector de lo necesario en lo que se refiere a mí. En parte se debe al hombre que es y por el hecho de ser el cabeza de una familia tan tradicional, pero también creo que se debe al hecho de que se convirtió en el cabeza de familia demasiado temprano –comentó, con una sombra de tristeza en el rostro–. Mi esposo murió cuando Vidal tenía siete años.

Fliss se imaginó a un niño de siete años que se entera de que ha perdido a su padre. ¿Compasión hacia Vidal? No debía tener esa clase de sentimientos.

–Entonces, cuando Vidal tenía dieciséis años, su abuela murió, lo que significó que tuvo que hacerse cargo de todas las responsabilidades de su rango. Lo siento... Creo que te estoy aburriendo.

Fliss negó con la cabeza. A pesar de que trataba de decirse que no le interesaban las historias de Vidal, la verdad era que una parte de ella quería suplicarle a la duquesa que le contara más. Le resultaba muy fácil imaginarse a Vidal con dieciséis años, alto, de cabello oscuro, aún un muchacho, pero ya mostrando las señales físicas del hombre en el que se iba a convertir.

Se centró a duras penas en las palabras de la duquesa.

–Vidal estaba muy unido a tu madre, ¿sabes? La quería mucho.

Fliss asintió porque no pudo conseguir articular palabra. Su madre no le había hablado mucho de la madre de Vidal, aparte de confesarle que no había sido la esposa que la abuela habría elegido para su hijo y que había sido ella quien había insistido en que Vidal tuviera una educación más diversa y abierta de lo que hubiera querido su abuela paterna.

La duquesa confirmó las palabras de la madre de Fliss en su siguiente frase.

–A mi suegra no le gustó en absoluto que yo persuadiera a mi difunto marido para que contratara a una niñera que ayudara a Vidal a mejorar su inglés. A ella no le parecía adecuado y hubiera preferido un tutor. Sin embargo, a mí me pareció que mi hijo ya había tenido suficientes influencias masculinas a lo largo de la vida. La abuela de Vidal era una mujer muy estricta que no aprobaba lo que consideraba un comportamiento indulgente por mi parte hacia mi hijo. Tu madre sufrió mucho en las manos de nuestra familia. El pobre Felipe era una persona tan tranquila, tan amable... Odiaba los disgustos de cualquier tipo y admiraba mucho a su madre adoptiva, lo que era comprensible. Ella lo había criado tras la muerte de su madre según su estricta disciplina, que era justamente lo que pensaba que su madre hubiera querido para él. No había heredado dinero alguno de sus padres por lo que dependía económicamente de mi suegra. Felipe le suplicó que le dejara comportarse con honor casándose con tu madre, pero ella se negó en redondo. Ni siquiera accedió a avanzarle el dinero suficiente para que pudiera ayudaros económicamente. Era una persona muy poco piadosa. A sus ojos, tanto Felipe como tu madre habían roto las reglas y se merecían un castigo por ello. Felipe no tenía dinero propio ni casa que poderle ofrecer a tu madre ni medio alguno de ganarse la vida. Su trabajo dentro del negocio familiar era como encargado de los huertos.

–Y su madre adoptiva quería que se casara con otra persona.

–Así es. Mi suegra podía ser muy dura a veces,

incluso cruel. Confieso que jamás le tuve mucha estima, como ella no me la tuvo a mí. Sin embargo, el padre de Vidal, como el propio Vidal, era un hombre de una gran talla moral. Estaba en América del Sur ocupándose de unos negocios cuando su madre se enteró de la relación. Según creo, si él hubiera estado aquí, se habría encargado de que el asunto se resolviera de un modo muy diferente. Desgraciadamente, no regresó. Su avión se estrelló. No hubo supervivientes.

—Es horrible...

—Sí, lo fue para todos nosotros, pero en especial para Vidal. Después de esto, tuvo que crecer muy rápidamente.

Tan rápidamente, que se convirtió en un hombre duro y tan poco proclive al perdón como su abuela, que sin duda había representado un gran papel en su educación. Era muy duro para un niño crecer habiéndose quedado huérfano de uno de sus progenitores, pero mucho más para el niño al que se le niega el contacto estando su progenitor con vida. Recordaba cómo su propia madre respondía a sus ingenuas preguntas de niña sobre el hecho de que sus padres no estuvieran juntos y casados.

—La familia de tu padre jamás hubiera permitido que nos casáramos, Fliss. Una mujer como yo no era lo suficientemente buena para ellos. Los hombres como tu padre, que proceden de importantes y aristocráticas familias, tienen que casarse con los de su misma clase.

—¿Quieres decir como los príncipes se casan con las princesas? —recordaba Fliss haber preguntado.

—Exactamente —había contestado su madre.

–Yo no tenía ni idea de que las cosas habían ido tan lejos cuando obligaron a Annabel a marcharse –comentó la duquesa con aspecto sombrío.

–A mí me concibieron por accidente la noche en que Felipe y ella se separaron. Ninguno de los dos tenía la intención de... Mi madre siempre dijo que mi padre se había comportado en todo momento como un perfecto caballero con ella, pero la noticia de que la obligaban a marcharse les hizo perder el control. Al principio, mi madre ni siquiera se dio cuenta de que estaba embarazada. Cuando por fin lo averiguó, sus padres insistieron en que escribiera a mi padre para contárselo.

No iba a consentir que la duquesa tuviera una mala opinión de su madre quien, después de todo, había sido una muchacha inocente e ingenua de sólo dieciocho años, enamorada desesperadamente y destrozada por el hecho de verse separada del hombre al que amaba.

–Entonces, mi madre recibió una carta en la que se le decía que no tenía pruebas de que yo fuera la hija de Felipe y que se tomarían acciones legales contra ella si volvía a intentar ponerse en contacto con Felipe.

La duquesa suspiró y meneó la cabeza.

–Mi suegra insistió. A sus ojos, aunque tu madre hubiera sido aceptable antes para convertirse en esposa de Felipe, el hecho de que hubiera tolerado tales intimidades... En familias como la nuestra, se valora mucho la pureza de las mujeres de la familia antes del matrimonio. En los tiempos de la abuela de Vidal, las muchachas de buena familia no abandonaban la casa familiar sin una carabina que guardara su modestia. Todo eso ha cambiado ahora, claro.

La duquesa la miró con afecto.

–Pero aun así los hombres se muestran muy protectores sobre la virtud de sus mujeres. Yo siempre he creído que, si el padre de Vidal hubiera regresado con vida aquí a Granada, habría insistido en que se honrara la inocencia de tu madre y se reconociera vuestra posición dentro de la familia. Después de todo, tú eres un miembro de esta familia, Felicity.

La joven doncella apareció para preguntarles si querían más café, lo que a Fliss le sirvió para excusarse. Había sido un día muy largo. El día siguiente lo sería aún más dado que ella había insistido en ver la casa de su padre, que era suya. Pasaría gran parte del día en compañía de un hombre muy peligroso para ella...

Capítulo 5

ELICITY, sé que Vidal tiene la intención de marcharse inmediatamente después del desayuno mañana por la mañana, por lo que no te entretendré más.

La duquesa y Fliss estaban tomando un café después de cenar sentadas en la parte de la galería que quedaba en el exterior del comedor.

Fliss se había sentido muy aliviada de saber que Vidal no iba a cenar con ellas dado que tenía un compromiso con unos amigos. Era cierto que se sentía muy cansada por las tensiones del día, por lo que le agradeció a la duquesa su consideración, se levantó y afirmó que, efectivamente, estaba más que dispuesta para marcharse a la cama.

Se había imaginado que, aunque sólo estarían las dos para cenar, la duquesa se vestiría formalmente, por lo que se había puesto su vestido negro, tras dar las gracias por haberlo metido en la maleta. Sabía que le sentaba muy bien.

Aún no era medianoche, lo que sabía que para los españoles no era demasiado tarde, pero mientras se dirigía a su dormitorio no podía dejar de bostezar. Ya en su habitación, notó que alguien le había abierto la cama tras cambiarle las sábanas,

que eran de puro algodón egipcio y olían ligera-
mente a lavanda.

A su madre siempre le habían gustado las sábanas de buena calidad. ¿Había adquirido ese gusto
mientras estaba en España?

Suspiró y se quitó el vestido. Al día siguiente,
vería la casa de su padre, la casa que él le había dejado en su testamento reconociéndola por fin públicamente. Bajo la segura intimidad de la ducha, dejó
que los ojos se le llenaran de lágrimas emociona-
das. Habría cambiado gustosamente cien casas por
el hecho de poder pasar unas valiosas semanas con
su padre y poner conocerlo.

Salió de la ducha y tomó una toalla para secar-
se. Entonces, se dirigió al dormitorio y se dispuso a
ponerse el pijama. Al ver la cama, dudó un instante. Se imaginó la frescura de las sábanas contra la
piel desnuda. Un placer tan sensual... Una pequeña
e íntima indulgencia...

Sonrió. Se quitó la toalla y se deslizó entre las
sábanas, aspirando con avidez al hacerlo. El contacto con su piel era aún más delicioso de lo que
había imaginado. Aliviaban sutilmente la tensión
del día de su cuerpo. Aquella noche dormiría bien y
ese descanso la fortalecería para enfrentarse al día
siguiente... y a Vidal.

Completamente agotada, apagó las luces del dormitorio.

En el silencioso jardín, bajo las ventanas del
dormitorio de Fliss, con tan sólo las estrellas como
testigo, Vidal frunció el ceño. En aquellos momen-

tos, en vez de estar allí reviviendo con irritación el comportamiento de Fliss y su insistencia por ver la casa de su padre con sus propios ojos, debería haber estado disfrutando de los encantos de la elegante divorciada italiana que, evidentemente, había sido invitada a la cena de sus amigos como acompañante para él. Ella le había dejado muy claro lo mucho que disfrutaba de su compañía, sugiriendo discretamente que concluyeran la velada en su hotel. Tenía el cabello oscuro, era muy atractiva y una gran conversadora. En otro momento, Vidal no habría dudado en aceptar su oferta, pero aquella noche...

¿Aquella noche, qué? ¿Por qué estaba allí, pensando en la irritación que Fliss le había causado en vez de en la cama con Mariella? La realidad era que por mucho que hubiera disfrutado de la compañía de sus amigos, por muy buena que hubiera sido la cena, no había podido dejar de pensar en Fliss. Por los problemas que ella le estaba causando, por supuesto. No había ninguna otra razón, ¿verdad?

Su cuerpo había empezado a recordarle la ira y el inesperado deseo que ella había despertado en él. Aún podía oler el aroma de su cuerpo, aún recordaba su sabor. Su sabor y su tacto.

Decididamente, suprimió el clamor de sus sentidos. Lo que había experimentado era un lapsus momentáneo, provocado por los recuerdos de la muchacha que había deseado en el pasado. Ya no era así. Era una locura que era mejor ignorar para que no adquiriera una importancia real. No significaba nada. Era su problema y su desgracia, una desgracia que jamás podría revelar a nadie más, que se hubiera dado cuenta de que ansiaba la creencia idealizada de que había un único amor verdadero, una llama que ningún otro amor podía igualar.

En su caso, aquella llama tenía que ser extinguida. Vidal se conocía. Sabía que para él la mujer a la que amara debía ser una en la que pudiera confiar completamente, que fuera leal a su amor en todos los sentidos. Felicity jamás podría ser esa mujer. La propia historia de ella ya lo había demostrado.

¿La mujer a la que amara? Sólo porque de joven hubiera sido lo suficientemente ingenuo para mirar a una muchacha de dieciséis años y crear en su interior una imagen privada de esa chica como mujer sólo demostraba que había sido un necio. La inocencia que había creído ver en Felicity, la inocencia que había creído proteger conteniendo su propio deseo, había sido tan inexistente como la mujer que su imaginación había creado. Eso era lo que tenía que recordar, no los sentimientos que ella hubiera despertado en él. No había razón para mirar atrás y pensar en lo que podría haber sido. El presente y el futuro eran lo que eran.

Tristemente, Vidal se dio la vuelta y se dirigió al interior de la casa.

–¿Cuánto tiempo se tarda en llegar al castillo?

Fliss realizó la pregunta mirando hacia delante, a través del parabrisas de un lujoso coche. Ella iba sentada en el asiento del pasajero mientras que Vidal maniobraba el vehículo hacia el exterior de la casa y se dejaba llevar por el ajetreado tráfico de la mañana.

–Unos cuarenta minutos, tal vez cincuenta, dependiendo del tráfico.

La respuesta de Vidal fue igualmente tensa. Centraba su atención en la carretera, aunque, en su interior era más consciente de la presencia de Fliss a su lado de lo que quería admitir.

Ella llevaba puesto un vestido veraniego de color azul claro. Mientras ella se dirigía hacia el coche por delante de él, Vidal había visto cómo la luz del sol había hecho que se le transparentaran las esbeltas piernas y la sugerente curva de los senos. En aquel momento, aún podía oler el fresco perfume que emanaba de la piel de Fliss, limpio y, sin embargo, de una sutil feminidad, provocándola la automática necesidad de acercarse a ella para poder aspirar el aroma.

Sin poder evitarlo, se imaginó el cuerpo de Fliss apretado contra el suyo. Lanzó una silenciosa maldición y trató de suprimir la propia reacción sexual de su cuerpo a esa imagen. Comenzó a conducir con una mano, tras bajar una de ellas, la más cercana a Fliss, para que ella no pudiera notar el abultamiento de su erección. Se sintió agradecido por el hecho de que ella estuviera mirando hacia delante y no a él.

El silencio entre ellos era peligroso. Permitía que florecieran pensamientos que él no quería tener. Era mejor silenciarlos con una conversación mundana que darles rienda suelta.

Con voz neutral y distante, le dijo a Fliss:

–Además de mostrarte la casa de tu padre, tengo que ocuparme de algunos asuntos antes de que regresemos a Granada.

Fliss asintió.

—¿Visitó mi madre alguna vez la casa de mi padre? —le preguntó ella sin poder contenerse.

—¿Quieres decir a solas, para estar con tu padre?

—Estaban enamorados —replicó ella inmediatamente, al notar la desaprobación que se reflejaba en la voz de Vidal—. Sería natural que mi padre...

—¿Se hubiera llevado a tu madre a su casa con la intención de acostarse con ella sin pensar en absoluto en la reputación de ella? —preguntó Vidal—. Felipe jamás habría hecho algo así, pero supongo que no me debería sorprender que tú lo pensaras, dado tu propio comportamiento y tu historia amorosa.

Fliss contuvo el aliento. Cuando soltó el aire, lo hizo con furia.

—Tú no sabes lo que pasó en realidad.

Vidal se volvió a mirarla con incredulidad.

—¿De verdad estás esperando que escuche esas palabras? Sé lo que vi.

—Yo tenía dieciséis años y...

—Las personas no cambian.

—Eso es cierto —afirmó Fliss—. Tú eres prueba viva de ello.

—¿Qué significa eso exactamente?

—Significa que sabía entonces lo que pensabas de mí y por qué me juzgaste del modo en el que lo hiciste. Y sé que sigues pensando lo mismo de mí hoy día.

Las manos de Vidal agarraron con fuerza el volante. Ella había sabido lo que él había sentido hacia ella a pesar de todo lo que él había hecho para ocultárselo. Por supuesto que había sido así. Él había evaluado su madurez y su disposición para conocer el deseo que él sentía hacia ella, creyendo equivocadamente que sólo era una muchacha inocente.

–Bien, en ese caso –le aseguró él secamente–, sepas lo que sepas, deja que te asegure que no tengo intención de permitir que esos sentimientos afecten a lo que considero mi deber y mi responsabilidad: la de llevar a cabo los deseos de mi difunto tío con respecto a tu herencia.

–Bien –dijo Fliss. Fue lo único que fue capaz de decir.

Por lo tanto, era cierto. Ella había tenido razón. Vidal había sentido una profunda antipatía hacia ella todos esos años atrás, antipatía que aún seguía experimentando. Fliss ya lo había sabido, entonces, ¿por qué aquella confirmación la hacía sentirse tan... tan dolida y abandonada?

Había sabido lo que Vidal sentía hacia ella cuando fue a España. ¿O acaso había estado esperando que ocurriera un milagro? ¿Había estado esperando una especie magia de cuento de hadas que borrara la angustia que ella llevaba en su interior? ¿Dejarla libre para qué? ¿Para encontrar un hombre con el que ella pudiera ser una verdadera mujer, libre para disfrutar de su sexualidad sin la mancha de la vergüenza? ¿Por qué necesitaba que Vidal creyera en su inocencia para poder hacer algo así? Después de todo, ella sabía la verdad y eso debería ser suficiente, pero no lo era. Había algo en su interior que le decía que su dolor sólo podría curarse por... ¿Por qué? ¿Por las caricias de Vidal, que le demostraran que él la aceptaba?

Había ido hasta allí para buscar a su padre, no

para que Vidal la aceptara o cambiara la opinión que tenía sobre ella. Había recorrido un largo camino desde la muchacha idealista que había mirado a Vidal y había perdido por completo el corazón. Sabía que él no era la figura heroica que ella había creado en el interior de su cabeza por la adoración que sentía hacia él. Vidal se lo había demostrado al hacerle ver lo equivocada que era la opinión que tenía sobre ella. No había razón alguna para que sus sentidos estuvieran tan pendientes de él, igual que había ocurrido en la adolescencia, pero eso era exactamente lo que estaba ocurriendo.

Por mucho que intentara no hacerlo, no podía resistirse a volver la cabeza para mirarlo. El cuello de su camisa estaba abierto y dejaba al descubierto la dorada esbeltez de la garganta. Si pudiera mirarlo bien, vería sin duda dónde empezaba el vello que cubría su torso.

«Basta ya», se dijo. La ansiedad que sus pensamientos le estaban causando le provocaban pequeñas gotas de sudor en la frente mientras que el pulso y los latidos del corazón habían comenzado a acelerársele. Tenía miedo de su propia imaginación y del poder de la sensualidad que había dentro de ella. Parecía surgir de ninguna parte.

Tal vez el hecho de estar allí, en el país de su padre, desatara aspectos de su personalidad que desconocía, como la pasión. Resultaba mucho más fácil aferrarse a ese pensamiento que pensar que era Vidal el responsable de aquel florecimiento de aquel lado tan sensual de su naturaleza. Igual que le había pasado cuando tenía dieciséis años.

Vidal miró por el retrovisor para no tener que

mirar a Fliss y apretó el pie sobre el acelerador. Ya habían salido de Granada y el poderoso coche devoraba los kilómetros. Fliss admiraba el paisaje que se divisaba a su alrededor, sobre el que tanto había leído en libros, dado que temía preguntar a su madre. Sabía lo doloroso que le resultaba hablar sobre la tierra del amor de su vida.

–Todo esto debe de ser muy hermoso en primavera, cuando los árboles están en flor –dijo, admirando los naranjos y limoneros que estaban cargados de fragantes frutos.

–La primavera es la estación favorita de mi madre. Siempre la pasa en la finca. La flor del almendro es su favorita –respondió con voz seca, lo que demostraba que no quería hablar con ella.

Este hecho le dolió profundamente. Decidió que no debía pensar en Vidal, sino en sus padres, en el amor que los dos habían compartido. Ella había sido el fruto de ese amor y, según su madre, eso la convertía en una persona muy especial. Una hija del amor. Sabiendo eso, ¿acaso era de extrañar que ella se hubiera sentido tan horrorizada por el comportamiento de Rory, que no hubiera podido negar las mentiras que él había dicho sobre ella? A los dieciséis años, había sido lo suficientemente ingenua como para creer que la intimidad sexual debería ser un hermoso acto de amor mutuo. Ella no había tenido deseo alguno de experimentar con el sexo, algo a lo que le habían predispuesto la actitud vulgar y desagradable de los chicos de su edad. En vez de eso, había soñado con un amante tierno y apasionado, que la adorara por completo y con el que ella pudiera

compartir todos los misterios y las delicias de su
intimidad sexual.

Entonces, Vidal había ido a ver a su madre. El
niño del que tanto había oído hablar se había transformado en un dios que encajaba perfectamente
con la imagen que ella tenía de lo que un hombre
debería ser. En consecuencia, le había robado por
completo el corazón sin que ella se diera cuenta de
lo que estaba ocurriendo. Vidal tan guapo, tan
masculino, tan sensual... Y, además, conocía a su
padre. ¿Era de extrañar que hubiera podido derri-
bar tan fácilmente todas sus defensas emocionales?

Sorprendida de su propia vulnerabilidad, trató
de centrarse de nuevo en el paisaje. Se había apar-
tado de la carretera principal y avanzaban por una
algo más estrecha que escalaba una montaña.
Cuando llegaron a la cima, pudo ver que, al otro
lado, había un fértil valle lleno de huertos.

–Los linderos de la finca comienzan aquí –dijo
él mientras comenzaban a descender hacia el valle.
El tono seguía siendo formal, como si quisiera
transmitirle lo poco que quería su compañía y lo
mucho que hubiera preferido que ella no estuviera
a su lado.

A Fliss no le importó. Después de todo, no estaba allí por él, sino por su padre. Sin embargo, por
mucho que tratara de reconfortarse con aquel pensamiento, su dolido corazón se negaba a sentirse
aliviado.

–Aún no se puede ver el castillo, pero está al
otro lado del valle, construido en un lugar estratégi-
co.

Fliss primero vio un río que serpenteaba entre las suaves praderas del valle. Aquel lugar era un paraíso. De repente, sintió envidia ante el privilegio de haber podido crecer allí, rodeado de tanta belleza natural. En la distancia, se veían los altos picos de la sierra.

Por fin pudo ver el castillo. No se había imaginado que fuera tan grande, tan imponente. Su arquitectura era una mezcla del estilo árabe con el renacentista. La luz del sol relucía sobre las estrechas ventanas de sus torres.

Con cierta aprensión, pensó que aquello no era un hogar, sino una fortaleza diseñada para transmitir el poder de quien habitaba allí y advertir a los demás que no osaran desafiarlo.

Al llegar a la puerta principal del castillo, Vidal detuvo el coche. Un empleado de cierta edad los estaba esperando para darles la bienvenida al amplio vestíbulo de mármol. El ama de llaves, que sonreía mucho más afectuosamente que Rosa, la acompañó a su dormitorio después de que Vidal anunciara que su invitada podría querer refrescarse un poco mientras él hablaba con el encargado.

—Dado que es casi la hora de comer, sugiero que retrasemos nuestra visita a la casa de Felipe hasta después de almorzar.

La palabra «sugerir» en el vocabulario de Vidal significaba realmente una orden. Fliss se vio obligada a asentir con la cabeza y aceptar su dictado a pesar de que se moría de ganas por ver la casa de su padre.

Un par de minutos más tarde, siguió al ama de

llaves a lo largo de un amplio pasillo, cuyo techo estaba decorado con elaborados diseños de escayola y cuyas paredes vestidas de papel rojo exhibían retratos de familia.

Casi habían llegado al final del pasillo cuando el ama de llaves se detuvo y abrió una puerta doble que quedaba frente a ella. Entonces, le indicó a Fliss que entrara.

Si el dormitorio dc la casa de Granada le había parecido enorme y elegante, no sabía cómo podría describir aquél. Dejó su bolso de viaje en el suelo y se quedó sin palabras al contemplar el que seguramente era el dormitorio más opulento que había visto en toda su vida.

Festones de querubines adornaban el lujoso dosel de la cama mientras que en el techo las ninfas y los pastores se enfrentaban en una deliciosa pastoral retratada en tonos pastel. Una elaborada escayola dorada adornaba las paredes.

Todos los muebles eran de color crema. Sobre la cama, había una colcha dorada de la misma tela de las cortinas. Entre dos enormes puertas de cristal que daban a estrechos balcones, había un escritorio con su butaca. En un rincón, había una mesa baja sobre la que se apreciaba una selección de revistas. A pesar de que no entendía mucho de decoración, Fliss sospechaba que la alfombra era probablemente una pieza de valor incalculable que se había tejido cspecialmente para aquel dormitorio.

–Su baño y su vestidor están por aquí –le dijo el ama de llaves, indicando unas puertas a ambos lados de la cama–. Le cnviaré una doncella para que la acompañe al comedor dentro de diez minutos.

Tras darle las gracias, Fliss esperó hasta que la puerta se hubo cerrado antes de ir a investigar el cuarto de baño y el vestidor.

El baño era muy tradicional, con suelos y paredes de mármol y una enorme bañera además de una ducha del más moderno estilo. Había todos los productos imaginables a disposición de quien se alojara allí, además de esponjosas toallas y de un igualmente suave albornoz.

El vestidor estaba alineado de espejos que ocultaban armarios empotrados lo suficientemente grandes para albergar los guardarropas enteros de varias familias e incluso contaba con una chaise longue. ¿Sería para que el compañero de la dama que durmiera en aquel dormitorio pudiera sentarse allí y ver cómo ella desfilaba delante de él con carísimas ropas de diseño? Sin poder evitarlo, se imaginó a Vidal reclinado contra la tapicería dorada, extendiendo la mano para tocarle un hombro desnudo, mirándole la boca mientras ella...

No. No debía tener tales pensamientos.

Regresó rápidamente al dormitorio y se asomó al balcón con la intención de tomar un poco de aire fresco. Se detuvo en seco al ver que el balcón daba a una piscina lo suficientemente grande como para pertenecer a un hotel de cinco estrellas. El intenso azul del cielo se reflejaba en el agua. Más allá de los muros del jardín, se veían los campos y los huertos, que se extendían hasta las colinas.

Aquel valle era un pequeño paraíso en la tierra, un paraíso lleno de peligros. En lo que a ella se refería, Vidal era Lucifer y se sentía tan tentada por él como Eva por la serpiente. Corría el riesgo de perder todo lo que le importaba por conseguir una caricia del hombre que representaba todo lo que ella más despreciaba.

Capítulo 6

ALGUIEN estaba llamando a la puerta de su dormitorio. Rápidamente, Fliss sacó el sombrero de la bolsa de viaje y agarró su bolso antes de dirigirse a abrir la puerta. De algún modo, consiguió librarse de los pensamientos que tanto la turbaban y pudo dedicarle una sonrisa a la doncella que la estaba esperando.

La doncella la acompañó a un comedor en que se había servido un bufé en una elegante mesa auxiliar. Había tres servicios colocados sobre la impecable mesa de caoba. La razón se hizo aparente cuando Vidal entró en el comedor acompañado de un hombre más joven, de cabello oscuro y muy guapo. Él le dedicó a Fliss una cálida sonrisa de apreciación en cuanto la vio.

Vidal los presentó.

—Felicity, Ramón Carrera. Ramón es el capataz de la finca —dijo. La cálida sonrisa de Ramón se desvaneció un poco al escuchar las siguientes palabras de Vidal—. Felicity es la hija de Felipe. Vamos a comer —añadió, mientras se dirigía a la mesa del bufé.

Mientras tomaba un plato para servirse, Fliss reflexionó por la inesperada presentación de Vidal, en la que había dicho abiertamente que ella era la hija de su tío adoptivo y reconociéndola así por tanto como un miembro de la familia. Escuchándolo, cualquiera hubiera pensado que no había habido secreto alguno sobre ella o problema para reconocerla como tal. ¿Por qué lo había hecho? Seguramente para que nadie se pensara que tenía una relación con ella. Por supuesto, siendo el hombre que era, no quería que nadie pensara algo semejante. Después de todo, había dejado bien claro la antipatía que sentía hacia ella.

Después de comer, mientras los dos hombres hablaban sobre asuntos relacionados con la finca siguió pensando en el porqué el hecho de que él la hubiera presentado como la hija de Felipe para que nadie pensara que tenía una relación con ella le molestaba tanto.

–Aún no ha probado nuestro vino –oyó que decía Ramón–. Es un nuevo Merlot que acabamos de empezar a producir aquí.

Como se esperaba que hiciera, Fliss se llevó la copa a los labios y, tras aspirar el intenso aroma, tomó un sorbo.

–Es excelente –le dijo sinceramente a Ramón.

–Es Vidal quien se merece sus elogios y no yo –replicó Ramón con una sonrisa–. Fue idea suya importar algunas viñas nuevas de unos terrenos en Chile sobre los que está interesado para ver si podíamos conseguir el excelente vino que producen allí.

–El que hemos producido aquí es único en esta zona –comentó Vidal participando en la conversación–. Algunos de los aromas de nuestra tierra se han visto incorporados al vino.

–Vidal dijo que quería producir un Merlot que

le recordara a un paseo a caballo entre los campos de la finca en una cálida mañana de primavera –explicó Ramón muy entusiasmado–. El resultado ha sido muy bien recibido. Creo, Vidal, que deberíamos haberle puesto el nombre de la hermosa hija del señor Felipe –añadió, tras dedicarle a Fliss una mirada de admiración.

Vidal se sintió como si alguien le apuñalara en el vientre al ver cómo Fliss sonreía afectuosamente a Ramón. No había mencionado que hubiera ningún hombre en su vida, pero, aunque lo hubiera, dado que sabía la clase de mujer que era, seguramente no creería necesario conformarse con uno, en especial cuando estaba a tantos kilómetros de distancia de él.

Se puso en pie repentinamente y anunció con brusquedad:

–Creo que deberíamos marcharnos. Ya me informarás sobre ese problema del sistema de irrigación esta noche, Ramón. Si hay que llamar a un ingeniero para que lo repare, preferiría que fuera mañana, mientras yo aún estoy aquí.

–Iré a ver qué está ocurriendo –dijo Ramón poniéndose de pie. Inmediatamente, se acercó a Fliss y la ayudó a levantarse con un gesto muy cortés.

Entonces, se excusó y se marchó, dejando a Vidal y a Fliss a solas. Los dos salieron del castillo bajo el cálido sol de media tarde. Fliss se sorprendió al ver que Vidal le agarraba el brazo para conducirla hasta el coche, dado que había pensado que la casa de su padre estaría a una corta distancia del castillo.

Sintió primero el brazo y luego todo el cuerpo

ardiéndole con el calor que le producía la proximidad a él. Sería insoportable que él supiera el efecto que ejercía sobre ella. Fliss se imaginaba perfectamente lo mucho que disfrutaría humillándola por ello.

Furiosa consigo misma, combatió con el desdén su vulnerabilidad sensual hacia Vidal y su propia incapacidad para controlarla.

—Supongo que el hecho de ir andando a la casa queda más allá de tu dignidad como duque.

Vidal la miró con desprecio y le dijo muy fríamente:

—Dado que hay más de dos kilómetros hasta la casa por la carretera, creo que sería más fácil utilizar el coche. Sin embargo, si prefieres ir andando...

Mientras pronunciaba aquellas palabras, miró las delicadas sandalias de Fliss haciendo que ella tuviera que reconocer que Vidal había ganado aquel combate dialéctico entre ambos.

Habían recorrido parte de la distancia en un silencio pleno de hostilidad cuando él tomó la palabra.

—Tengo que advertirte sobre un posible flirteo con Ramón.

—Yo no estaba flirteando con él —le espetó ella escandalizada.

—Dejó muy claro que te encontraba atractiva y tú le permitiste que lo hiciera. Por supuesto, los dos sabemos lo mucho que te gusta acomodarte a los deseos de cualquier hombre que desee expresártelos.

—Y por supuesto, me lo tenías que decir. Te morías de ganas por hacerlo, ¿verdad? Pues bien, para tu información...

—Para tu información, no voy a consentir que satisfagas tu promiscuo apetito sexual con Ramón.

No debía permitir que lo que él estaba diciendo la afectara. Si lo hacía, la destruiría. Sabía que Vidal jamás la escucharía si tratara de explicarle la verdad. Quería pensar lo peor de ella porque no quería escucharla. Para él, ella era alguien que no se merecía un trato compasivo.

—No puedes impedir que tenga un amante si así lo deseo, Vidal.

Sin mirarla, Vidal respondió secamente:

—Ramón está casado y es padre de dos hijos pequeños. Desgraciadamente, su matrimonio está pasando por un momento de dificultad en estos instantes. Todo el mundo sabe que a Ramón le gustan mucho las chicas guapas y que a su esposa no le agrada ese comportamiento. No tengo deseo alguno de ver cómo ese matrimonio se desmorona y que esos niños se quedan sin padre. Te prometo, Felicity, que haré lo que haga falta para asegurarme de que eso no ocurra.

Vidal se apartó de la carretera principal y tomó un sendero. Al final del mismo, entre naranjos y limoneros, se erguía una casa de tejado rojo. Eso le dio a Fliss la excusa perfecta para no responder al hiriente comentario de Vidal y refugiarse en un digno silencio.

Vidal avanzaba por lo que parecía un túnel de ramas. El sol se colaba entre las hojas. Entonces, Fliss vio la casa bien por primera vez. Sintió que se le hacía un nudo en la garganta y que el corazón le daba un vuelco por la emoción. Si era posible enamorarse de una casa, ella acababa de hacerlo.

Tenía tres plantas, las paredes encaladas y un aspecto absolutamente encantador. Los balcones de hierro forjado contaban con delicados detalles, además de los brochazos de color de las macetas de geranios. Lo más extraño era que el estilo de la casa resultaba muy británico. Fliss se sintió muy emocionada cuando Vidal detuvo el coche frente a la puerta.

–Es muy hermosa –dijo ella sin poder contenerse.

–Originalmente, se construyó para la amante cautiva de uno de mis antepasados, una inglesa a la que habían atrapado en un combate en alta mar entre el barco de mi antepasado y uno inglés en los días en los que los dos países estaban en guerra.

–¿Era una prisión?

–Si quieres considerarla de ese modo, pero yo diría más bien que era el amor que se profesaban lo que les aprisionaba. Mi antepasado protegió a su amante alojándola aquí, lejos de los rumores de la sociedad, y ella protegió el corazón que él le había entregado permaneciendo fiel a él y aceptando que el deber de él hacia su esposa significaba que jamás podrían estar oficialmente juntos.

Después de lo que Vidal le había contado, Fliss esperó que la casa rezumara tristeza y desolación, pero no fue así. Era como si la casa estuviera esperando algo, tal vez a alguien... ¿A su padre?

No olía a cerrado. Era como si alguien la aireara regularmente, pero a Fliss le pareció que aún se podía oler el suave aroma de una colonia masculina. Una inesperada tristeza se apoderó de ella, de tal magnitud que tuvo que parpadear para no dejar que se notaran sus sentimientos. Realmente había creído que había llorado todas las lágrimas posibles por su padre, por el hombre que jamás había conocido,

–¿Vivió... vivió mi padre aquí solo? –le preguntó a Vidal.

–Sí, aparte de Ana, que era su ama de llaves. Ella ya se ha jubilado y vive en el pueblo con su hija. Ven. Te mostraré la casa y, cuando hayas satisfecho tu curiosidad, te llevaré de vuelta al castillo.

Fliss notó la impaciencia que Vidal estaba tratando de contener.

–No querías que viniera aquí, ¿verdad? Aunque mi padre me dejara a mí esta casa.

–No, no quería –afirmó Vidal–. Ni veía ni veo motivo para hacerlo.

–Igual que no viste el motivo de que yo escribiera a mi padre. De hecho, en lo que a ti se refiere, habría sido mejor que yo no hubiera nacido, ¿verdad?

Sin esperar a que Vidal respondiera, dado que ella misma conocía la respuesta a su propia pregunta, siguió recorriendo la casa

Aunque era más sencilla en estilo y decoración que el castillo, estaba igualmente amueblada con lo que sospechaba eran valiosas antigüedades.

–¿Cuál era la habitación favorita de mi padre? –preguntó ella, después de que hubieran recorrido un bonito salón, un elegante comedor, una salita y un pequeño despacho situado en la parte trasera de la casa.

Durante un instante, Fliss pensó que Vidal no

iba a responder. De repente, se volvió a ella y le dijo:

—Ésta.

Abrió la puerta de una pequeña biblioteca.

—A Felipe le encantaba leer, escuchar música... A él le gustaba pasar las noches aquí, escuchando música y leyendo sus libros favoritos. El sol se pone por este lado de la casa y por la tarde esta habitación resulta muy agradable.

La imagen que Vidal estaba pintando era la de un hombre solitario, tranquilo, tal vez incluso solitario, que se sentaba allí contemplando lo que la vida podría haberle dado si las cosas hubieran sido diferentes.

—¿Pasabas tú mucho tiempo con él? —susurró ella con un nudo en la garganta. Se llevó la mano al cuello, enredándola con la cadena de oro que había pertenecido a su madre, como si tocándola pudiera en cierto modo aliviar el dolor que estaba sintiendo.

Él era mi tío. Se ocupaba de los huertos de la familia. Por supuesto que pasábamos mucho tiempo juntos.

Vidal se estaba dando la vuelta. Fliss soltó la cadena y miró al escritorio. Le llamó la atención un pequeño marco de plata. Un impulso que no pudo controlar la empujó a tomarlo y a darle la vuelta. El corazón comenzó a golpearle con fuerza contra las costillas al ver que se trataba de una fotografía de su madre con un bebé en brazos.

Con la mano temblorosa, volvió a dejar la fotografía en su sitio.

El teléfono móvil de Vidal comenzó a sonar. Mientras él se alejaba para contestar la llamada,

Fliss volvió a estudiar la fotografía. Su madre parecía tan joven, tan orgullosa de su bebé. ¿Qué habría pensado su padre mientras observaba la fotografía? Fliss jamás conocería la respuesta.

Había tenido aquella fotografía sobre su escritorio, lo que significaba que, al menos, la veía todos los días. Fliss trató de apartar el profundo sentimiento de tristeza que la embargó.

Vidal terminó la llamada.

—Tenemos que regresar al castillo —le dijo—. Ramón me ha concertado una cita con el ingeniero. Tenemos que tomar una decisión sobre un problema con el suministro de agua. Podemos volver por la mañana si deseas ver lo de arriba.

—¿Se enteró mi padre de la muerte de mi madre?

—Sí.

—¿Cómo lo sabes?

—Lo sé porque yo fui el que tuvo que darle la noticia.

—Y él... ¿Nadie pensó que yo podría necesitar tener noticias de él, de mi único pariente con vida, de mi padre?

Revivió todo el dolor que experimentó al perder a su madre con dieciocho años.

—Fuiste tú... tú el que nos mantuvo separados —acusó a Vidal.

La mirada que se reflejó en los ojos de Vidal la silenció.

—La salud de tu padre se resintió mucho cuando se vio separado de tu madre. Su médico creyó más conveniente que llevara una vida tranquila, sin presiones emocionales. Por esa razón, en mi opinión...

–¿En tu opinión? ¿Quién eras tú para tomar decisiones y juicios que me implicaran a mí? –preguntó ella amargamente.

–Era y soy el cabeza de esta familia. Como tal, es mi deber hacer lo que crea más conveniente para esta familia.

–Y evitar que yo viera a mi padre, que lo conociera, fue lo que tú consideraste lo más conveniente, ¿verdad?

–Mi familia es también tu familia. Cuando tomo decisiones al respecto, las tomo con la debida consideración a todos los que forman parte de ella. Ahora, si puedes dejarte de tanto sentimentalismo infantil, me gustaría regresar al castillo.

–Para ver a ese ingeniero porque el agua para regar tus cosechas es más importante que considerar el daño que has hecho y afrontarlo –comentó Fliss con una risotada amarga–. Por supuesto, debería haberme dado cuenta de que eres demasiado arrogante y frío de corazón como para pensar en hacer algo por el estilo.

Sin esperar a que él respondiera, Fliss se dirigió hacia la puerta.

Fliss observó la comida que tenía en el plato con tristeza y se llevó la mano a la garganta, donde debería haber estado el colgante de su madre. Aún sentía la profunda desesperación que había sentido al mirarse en el espejo del dormitorio y ver que simplemente no estaba allí.

Lo había buscado por todas partes, pero no había encontrado el valioso recuerdo de su madre, por lo que se había visto obligada a reconocer la verdad. Había perdido el colgante que representaba un vínculo tan fuerte con su madre y también con su padre.

Su tristeza era demasiado profunda para poder aliviarse con las lágrimas. Sin ganas, se cambio para la cena y se puso su vestido negro y trató desesperadamente de entablar una conversación cortés con Blanca, la esposa de Ramón.

El capataz y su esposa habían sido invitados a cenar con ellos, tal vez para subrayar la advertencia que Vidal le había hecho aquella tarde con respecto a Ramón. Si era ésa la razón, no había necesidad alguna. Incluso sin su esposa presente, jamás hubiera sentido deseo de animar a Ramón a flirtear con ella. Por muy agradable que resultara la presencia del capataz, no provocaba ningún sentimiento que pudiera ser comparable a los que le inspiraba Vidal.

Trató de negar lo que acababa de admitir y centró su atención en Blanca para distraerse de sus propios pensamientos. La esposa de Ramón era una mujer atractiva, de unos treinta años. Dado lo que Vidal le había contado sobre Ramón, no era de extrañar que los modales de Blanca hacia ella mostraran una cierta reticencia. Ella no tenía muchas ganas de hablar, pero los buenos modales que su madre y sus abuelos le habían enseñado la animaron a hacerlo.

Sin embargo, en varias ocasiones se llevó la mano al cuello para buscar el colgante perdido. Una sombra le cubría los ojos al notar su ausencia.

Mientras Vidal le estaba llenando la copa con un

vino dulce para acompañar el postre, le dijo inesperadamente.

–No llevas puesto tu colgante.

El hecho de que él se hubiera dado cuenta fue
suficiente para sorprender a Fliss. De algún modo,
consiguió controlar sus sentimientos y admitir que
lo había perdido. ¿Fue imaginación suya el modo
en el que la mirada de Vidal pareció quedárscle
prendida en su garganta antes de disponerse a llenar la copa de Ramón y luego la suya propia?

Desesperada por no pensar en su colgante perdido y en las reacciones contradictorias que tenía hacia Vidal, Fliss volvió a centrar su atención en
Blanca. Le preguntó sobre sus hijos. La mujer le
dedicó la primera sonrisa sincera de toda la noche y
comenzó a relatarle lo maravillosos que eran sus
dos hijos.

Al escucharla, Fliss no pudo evitar preguntarse
lo que se sentiría al tener un hijo y ser madre. Sentir la alegría y el orgullo maternal que podía ver en
aquellos momentos en Blanca. Ella le mostró una
fotografía de los pequeños, que parecían imágenes
en miniatura de su padre.

Contra su voluntad, miró a Vidal, que estaba
charlando animadamente con Ramón sobre las re-
comendaciones del ingeniero sobre el problema
del agua. Por supuesto, no tenía que intentar imaginarse cómo serían los hijos de Vidal. Después de
todo, había visto fotografías de él de niño. Por supuesto, la madre también aportaría sus genes y ella
sería...

Sería todo lo que ella no era. La mano le temblaba cuando tomó la copa de vino. ¿Por qué dia-

blos debía importarle con quién se casara Vidal, el aspecto que tuvieran sus hijos o incluso el hecho de que tuviera descendencia? ¿Por qué? Igualmente, ¿por qué tenía esa curiosa sensación de anhelo mezclado con pérdida en lo más profundo de su corazón?

Capítulo 7

LA velada había terminado y Fliss regresó a su dormitorio. La desnudez de su cuello contra el suave albornoz que se había puesto después de ducharse le recordaba lo que había perdido y la llenaba de una profunda tristeza.

Su madre siempre había reverenciado aquel colgante. Fliss no tenía ni un solo recuerdo de la familia en la que no lo hubiera visto colgando del cuello de su madre y ella lo había perdido por un descuido. En cierto modo, aquella pérdida le dolía casi tanto como la muerte de su madre o los sentimientos de inseguridad y tristeza que había experimentado de niña al preguntarse por qué ella no tenía padre. El colgante era lo que había unido a sus padres y lo que los unía a ambos con ella, el único vínculo material compartido por los tres y había desaparecido. El vínculo se había roto.

Sin embargo, aún le quedaba otro vínculo con su padre. Aún tenía la casa que él le había dejado. «Sólo por el momento», se recordó. Vidal le había dejado muy claro que esperaba que ella se la vendiera.

Fliss estaba a punto de quitarse el albornoz para meterse en la cama cuando alguien llamó a su puerta. Rápidamente, se volvió a atar el cinturón y fue a abrir la puerta pensando que sería una de las doncellas.

Era Vidal, que entró rápidamente en el dormitorio y cerró la puerta.

—¿Qué es lo que quieres? —le preguntó ella con una gran ansiedad en la voz.

—No a ti, si es eso lo que estás esperando. ¿Un hombre, cualquier hombre te serviría para satisfacer el deseo que probablemente esperabas saciar con Ramón? ¿Es eso lo que esperabas que yo podría ser, Felicity?

—Claro que no.

Sin maquillaje, con el cabello revuelto y los pies desnudos, además del hecho de que estaba completamente desnuda bajo el albornoz, Fliss era consciente de que estaba en desventaja con respecto a Vidal, que aún llevaba puesto el traje que había lucido durante la cena. Sin embargo, era su vulnerabilidad emocional hacia él lo que la ponía más en desventaja.

—Mentirosa. Te conozco bien, ¿recuerdas?

—Eso no es cierto. No me conoces en absoluto. Si has venido aquí tan sólo para insultarme...

—¿Acaso es posible insultar a una mujer como tú? —repuso él. El insulto resultó tan doloroso, que a Fliss le pareció como si él estuviera clavándole un cuchillo en el corazón—. Te he traído esto —añadió, cambiando de tema. Entonces, abrió la mano para revelar la cadena y el colgante que tanto significaban para ella.

Al verlos, Fliss se quedó sin palabras. Tuvo que parpadear para asegurarse de que no se lo estaba imaginando.

–Mi colgante... –susurró–. ¿Dónde...?

Vidal se encogió de hombros. Su aspecto era casi aburrido.

–Recordé que lo llevabas puesto cuando fuimos a la casa, por lo que me pareció lógico pensar que podrías haberlo perdido allí. Después de despedirme de Blanca y de Ramón, me dirigí hasta allí. Recordaba que habías estado jugueteando con la cadena cuando estuvimos en la biblioteca de Felipe, por lo que empecé a buscar por allí. Lo encontré enseguida. Estaba sobre el suelo, al lado del escritorio.

–¿Hiciste eso por...?

«Por mí». Eso era lo que había estado a punto de decir, pero se alegraba de no haberlo hecho.

–Sé lo mucho que significaba ese colgante para tu madre.

Vidal trató de no percibir la vulnerabilidad que notaba en la voz de Fliss. No quería verla como una mujer vulnerable o digna de compasión porque, si la veía así, eso significaría...

«No significaría nada», se aseguró Vidal.

Fliss asintió.

–Sí, así era.

Por supuesto, no había ido a buscar el colgante tan sólo por ello. Vidal nunca haría nada por ella.

–Me alegro de que lo hayas encontrado –añadió.

Cuando extendió la mano para tomarlo de la de Vidal, tuvo que retirarla porque no quería tocarlo. Tenía miedo. ¿De qué? ¿Dc tocarlo? ¿De que cuando lo hiciera no pudiera detenerse?

Vidal no debería haber ido al dormitorio de Fliss. ¿Por qué lo había hecho? ¿Para poner a prueba su autocontrol? ¿Para demostrar que era capaz de andar sobre fuego? ¿Para sufrir el tormento que estaba experimentando en aquellos momentos? Sabía que bajo el albornoz Felicity estaba completamente desnuda. Sabía que, dada su historia amorosa, lo promiscua que era, podría extender la mano y poseerla allí mismo, saciarse de ella, con ella, hasta que la necesidad que lo corroía por dentro cesara por completo.

–Tómalo –le dijo a Fliss extendiendo la mano con el colgante sobre la palma.

Durante un instante, se miraron el uno al otro, pero ninguno de los dos dijo nada. La respiración de Fliss se había acelerado mientras los sentidos registraban la tensión sexual que había entre ellos. Vidal levantó la mano y, durante un segundo, Fliss pensó que iba a tocarla. Dio un paso atrás, pero se olvidó de que había una mesa baja justo a sus espaldas.

Oyó que Vidal lanzaba una maldición mientras ella se tambaleaba, pero incluso entonces ella levantó las manos para impedir que él la agarrara. Prefería caerse que sentir que Vidal la tocaba. Desgraciadamente, no consiguió su propósito. Él la agarró por los brazos y le miró el escote abierto de la bata.

Uno de ellos emitió un pequeño sonido. Fliss no estaba segura de si había sido Vidal o ella. Levantó el pecho por la urgente necesidad de expandir los pulmones y de aspirar más oxígeno. El tiempo pareció detenerse. Fliss ciertamente estaba conteniendo la respiración. Los dos se miraron en silencio. ¿Fue ella la primera en romper el contacto visual por mirar la boca de Vidal? No lo sabía. Pero estaba segura de que, cuando miró a los ojos de Vidal, ardían con la profunda sensualidad de un hombre que sabía que la mujer que estaba a su lado lo deseaba.

—No.

Pronunció aquella palabra suavemente, con desesperación, pero Vidal no le prestó atención. La mirada se le había oscurecido. Fliss sintió que se le aceleraba el corazón y observó cómo él bajaba la cabeza hasta el punto de que sus labios estuvieron a punto de tocar los de ella. El aliento de Vidal suponía una insoportable caricia contra su piel. Incapaz de contenerse, se acercó a él.

—¡Maldita seas!

Vidal la empujó lejos de él. El colgante quedó sobre el suelo, entre ambos. Instintivamente, ella dio un paso al frente para recogerlo, pero se quedó atónita cuando Vidal volvió a agarrarla de nuevo.

—No puedes contenerte, ¿verdad? Te sirve cualquier hombre, cualquier hombre que sea capaz de darte esto.

Comenzó a besarla. Fliss sintió su desprecio. Lo saboreó. Vidal quería humillarla, destruirla y ella quería... Quería que él viera que se equivocaba sobre ella. Quería castigarlo por haberla juzgado mal. Quería ver cómo su orgullo se hacía pedazos sobre el suelo al darse cuenta de que todo lo que había creído sobre ella era incierto. En aquel momento podía hacerlo. Podía convertir aquella airada pasión en su propia salvación. El sacrificio de su creencia de que la intimidad sexual debería ser algo nacido del amor mutuo conduciría a la humillación total de Vidal.

Lenta y deliberadamente, como si su cuerpo estuviera drogado, se acercó a él y apretó deliberadamente la parte inferior de su cuerpo contra la de él, con un movimiento que había visto en las películas. Llevó una mano a los botones de la camisa de Vidal y fue desabrochándoselos mientras la lengua de él peleaba furiosamente contra la de ella. Las sensaciones la inundaron, pero decidió ignorarlas. No se trataba de su propio deseo, sino de las ganas de librarse de todo lo que la había unido a él.

Tras desabrocharle la camisa, rompió lenta y deliberadamente el beso y, del mismo modo, dejó que su albornoz cayera al suelo. Entonces, dio un paso hacia Vidal y volvió a colocar los labios sobre los de él y las manos sobre los hombros.

Oyó que él gruñía y sintió que él le agarraba con fuerza la cintura. Un sentimiento de repugnancia hacia sí misma se adueñó de ella. ¿Qué estaba haciendo?

Vidal sabía que no podía dejar que ocurriera aquello. Estaría maldito para siempre si cedía a los atractivos de Felicity, pero, si no lo hacía, se vería atormentado para siempre. Su cuerpo ansiaba el de Fliss. Llevaba siete años frustrado con el deseo que ella despertaba en él. La miró y sintió cómo se echaba a temblar violentamente mientras se oponía a lo que ella le estaba ofreciendo. Como si tuvieran voluntad propia, las manos abandonaron la cintura para colocarse sobre los senos, rotundos y erguidos, con los pezones ya erectos apretándose contra sus palmas.

–¡Ah! –exclamó ella, ante el placer que le proporcionaban las manos de Vidal sobre los senos.

No había esperado algo así. ¿Deseo? Su cuerpo temblaba. ¿Estaba mal desearlo o era parte de lo que debía ocurrir?

Vidal podía ver y sentir la excitación de Fliss. Ella lo deseaba. Comprender aquel hecho le hizo perder definitivamente el control. El instinto le decía que Felicity era suya, que siempre debería haber sido suya y que siempre lo sería

Bajo la posesiva presión del beso de Vidal, Fliss se tensó de puro placer. No servía de nada tratar de controlar el deseo que estaba cobrando vida en su vientre. ¿Por qué intentar lo imposible? ¿Por qué resistirse a lo que seguramente venía dictado por el destino?

La completa exploración a la que la sometió la lengua de Vidal provocó el estallido del deseo que, en estado líquido, pareció ir vertiéndose por todo su cuerpo. Cuando él retiró la lengua para lamerle los labios, Fliss se aferró a él. Se sentía a la deriva en un mar interior de salvaje intensidad sexual.

La razón por la que estaban juntos ya no importaba. Se había evaporado como la bruma de la mañana bajo el calor del sol.

Después, fue Fliss la que atrapó la lengua de Vidal, absorbiéndola profundamente hacia el interior de su boca para acariciarla con la de ella. Estaba en brazos de Vidal y se estaban besando como si el vínculo entre ellos hubiera surgido como una fuerza invisible que los unía.

Le gustaban las caricias posesivas de las manos de Vidal sobre sus pechos desnudos. Todo su cuerpo tembló de puro gozo cuando él comenzó a apretarle los pezones entre los dedos proporcionándole unas eróticas sensaciones que hicieron que ella clavara las uñas sobre los fuertes músculos de los brazos de él.

Vidal no necesitaba que ella le dijera lo que le estaba haciendo sentir o lo que quería que le hiciera. Parecía comprenderla instintivamente. Ella por su parte, no tenía voluntad más que la de someterse al placer que le estaba dando. Se sentía perdida en un intenso calor que la envolvía, poseyendo sus sentidos, sus pensamientos y su fuerza de voluntad igual que Vidal estaba poseyendo su cuerpo. Deseaba lo que estaba ocurriendo más de lo que había deseado nunca nada en toda su vida. Era su destino. Una sensación que tenía el poder de hacer que se sintiera plena.

Las manos de Vidal moldeaban y le acariciaban los senos mientras volvía a besarla, los dedos acariciaban la ansiosa dureza de los pezones e igualaban el rítmico movimiento de la lengua contra la de ella. Todo ello creó una rápida y creciente oleada de sensaciones, que produjo un anhelo que recorrió el cuerpo de Fliss. Como si su deseo hubiera estado preparado sólo para responder a las caricias de Vidal, el cuerpo se movió al ritmo que él imponía. La luz de la lámpara le daba a la piel desnuda un suave brillo dorado que quedaba aún más destacado con el rubor que la excitación le había producido en pecho y garganta.

Una voz en el interior de la cabeza de Vidal lo animaba a detenerse, diciéndole que era su deber negarse el placer que le estaba proporcionando el deseo que sentía hacia ella, pero ese deseo era demasiado primitivo como para que pudiera resistirse a él. Lo había sentido desde el primer momento que la vio. Era algo que superaba toda lógica y que respondía a algo dentro él que no se había dado cuenta de que existía: la necesidad masculina de conquistar, de poseer, de ser dueño de la mujer a la que abrazaba y acariciaba. Aquel deseo de posesión tenía todo el poder de la fuerza del agua, que destruye todo lo que se interpone en su camino.

Era un instinto tan antiguo como el tiempo, que lo obligó a posar las manos sobre la temblorosa carne del vientre de Fliss y luego a agarrarle las caderas para pegarla contra su cuerpo y hacer que ella pudiera sentir la excitación que había despertado en él. Sobre la pared, sus sombras conjuntas revelaban la intimidad de su abrazo, detallando el arco de la espalda de Fliss mientras se inclinaba sobre el brazo de Vidal, reflejando la unión de sus cuerpos hasta convertirlos en uno solo.

Fliss se sentía completamente perdida. El duro pulso de la erección de Vidal a través de la ropa que él llevaba puesta la llenaba de un deseo compulsivo, insoportable, de sentir su cuerpo desnudo contra el de ella, poder tocarlo, conocerlo y sentir su fuerza.

No hizo intento de resistirse cuando Vidal la tomó en brazos y la llevó a la cama, colocándola encima. La mirada de él absorbía todos los detalles del cuerpo desnudo de Fliss, de tal modo que le resultaba imposible apartarla. Una sensualidad que Fliss no había conocido que poseyera le hizo mover el cuerpo lánguidamente bajo esa mirada, sintiendo un placer tan femenino que la llevó a soltar un ligero gemido cuando Vidal se unió junto a ella sobre la cama. La abrazó, la moldeó con las manos, la poseyó con el beso más apasionado sin dejar de acariciar su cuerpo.

El roce de las yemas de sus dedos contra el estómago le provocó una intensa necesidad de que él la tocara más íntimamente. Su cuerpo se tensó, el aliento se le quedó en los pulmones cuando Vidal movió la mano un poco más abajo, cubriéndole el sexo, inyectándole un calor que le provocó un anhelo incontrolable hacia él. Ese deseo floreció húmedamente entre los delicados pliegues de su feminidad, que sentía cada más hinchados, como si estuviera abriéndose bajo la mano de él.

Fliss lo deseaba desesperadamente. En su imaginación, ya podía sentirlo en el interior de su cuerpo y éste pulsaba frenéticamente bajo el estímulo de lo que estaba pensando. Lo deseaba tanto que lo que sentía le resultaba abrumador.

La respiración de Vidal era inestable. Su boca contra la piel de Fliss era apasionada y urgente. El suave contacto de los dientes contra el pezón causó que el cuerpo de ella se convulsionara de puro placer.

Él le soltó el pezón lentamente y levantó la cabeza para mirarla. Vio en los ojos de Fliss todo lo que necesitaba para saber que ella lo deseaba. Aquella mirada igualaba la anticipación de su cuerpo desnudo.

–Quítate la ropa –le dijo ella con voz ronca–. Quiero verte. Quiero sentir tu piel contra la mía, tu cuerpo contra el mío, sin nada que se interponga. Te quiero dentro de mí, poseyéndome como un hombre debería poseer a una mujer. Te deseo, Vidal.

Fliss escuchó sus propias palabras, sus propios requerimientos con una vaga sensación de sorpresa, como si hubiera sido otra persona la que las hubiera pronunciado. Sin embargo, Vidal no parecía estar escandalizado ni siquiera sorprendido. Estaba haciendo lo que ella le había pedido sin dejar de mirarla, inmovilizándola prácticamente contra la cama mientras se quitaba la ropa.

Fliss levantó una mano para trazar la línea de oscuro vello que dividía en dos su torso, deteniéndose tan solo cuando llegó al ombligo. Sin decir ni una sola palabra, Fliss se incorporó y procedió a retomar el sendero trazado por los dedos con una línea de dulces besos que se fueron haciendo gradualmente más intensos. Sin embargo, Vidal le inmovilizó la mano y la cabeza, impidiéndole llegar a su objetivo.

—No puedo dejar que sigas. Ahora no, no cuando mi cuerpo ansía la intimidad con el tuyo tan desesperadamente.

—Sí, Vidal..

Cuando él la soltó y se apartó de ella, se levantó de la cama para tomar los pantalones que había arrojado al suelo. Fliss trató de abrazarlo, de protestar, pero se detuvo al ver que él sacaba la cartera y la abría.

Vidal pensó que era una suerte que hubiera tomado medidas para protegerse por si terminaba en la cama con Mariella. Fliss no tardó en darse cuenta de lo que estaba ocurriendo. Lejos del cuerpo de Vidal, los preparativos que él estaba llevando a cabo sirvieron para romper el embrujo bajo el que se encontraba. La realidad de lo que estaba ocurriendo era muy diferente a la fantasía que ella se había creado. Sin duda, aquél era el momento de detenerse, de ser sincera y contarle a Vidal la verdad. ¿Cómo podía hacerlo?

Respiró profundamente y le dijo con voz ronca:

—No hay necesidad de que hagas esto porque...

Había tenido la intención de decirle que era virgen, pero antes de que pudiera hacerlo, Vidal la interrumpió.

—Podría no ser capaz de controlar el deseo que despiertas en mí, Felicity, pero no soy tan necio como para correr los riesgos para mi salud sexual que la intimidad contigo podría acarrearme si no uso preservativo. Por supuesto, si prefieres no seguir adelante...

Una horrible sensación de vergüenza se apoderó de ella. Durante un minuto, Fliss sintió la tentación de decirle que se marchara, pero la ira que había sentido anteriormente volvió a surgir dentro de ella y, con ésta, la necesidad de justicia.

Levantó la barbilla, se encogió de hombros y dijo en lo que esperaba que fuera una voz sugerente:

—¿No seguir adelante cuando me has... cuando te deseo tanto, Vidal?

¿Había esperado él que ella pusiera fin a aquello? ¿Que tuviera la fuerza de voluntad que sabía que ella no tenía? Vio la suave y rosada boca, henchida por los besos. Tenía los labios entreabiertos, los ojos medio cerrados, como si estuviera a punto de desmayarse por la presión de su propio deseo.

Vidal sintió ira y vergüenza contra sí mismo y contra Felicity. Sin embargo, ninguno de los dos sentimientos fue lo bastante fuerte como para contener la necesidad que lo estaba empujando y que lo llevaba más allá de la lógica y del razonamiento a un lugar en el que lo único que existía era su anhelo por una única mujer.

Se hundió en su cuerpo lentamente. Necesitaba absorber cada segundo de algo que se le había negado durante mucho tiempo, sabiendo de antemano que sus cuerpos encajarían perfectamente.

No debería estar sintiéndose así. Sabía lo que ella era, después de todo, pero era como si algo dentro de él no quisiera reconocer esa realidad, como si una debilidad en sí mismo se negara a creerlo y deseara creer que lo que estaba ocurriendo entre ellos les pertenecía exclusivamente a ellos. Su cuerpo respondía a lo que estaba sintiendo. A lo que deseaba. A lo que necesitaba.

Su anterior enojo dio paso a un anhelo por olvidar el pasado y llevarlos a los dos a un lugar en el que pudieran empezar desde el principio Estaba perdiendo la capacidad de ver lo que era real. La ira y el desprecio que habían marcado sus creencias durante tanto tiempo se estaba rompiendo bajo la presión de la intimidad física con Felicity. En lo más profundo de su ser, Vidal podía sentir el creciente anhelo de un sentimiento que no podía erradicar para que las cosas fueran diferentes, para que ellos fueran diferentes, para que lo que estaba ocurriendo en aquellos momentos entre ellos pudiera nacer del...

¿Se había olvidado del pasado? ¿De verdad importaba ese pasado? ¿No era mucho más importante el hecho de que ella estuviera allí, entre sus brazos, del modo que más había ansiado estar con ella? ¿Dónde estaba su orgullo¿ ¿De verdad estaba admitiendo ante sí mismo que la amaba?

Vidal no lo sabía. Sólo sabía que tenerla entre sus brazos de aquella manera estaba derribando las barreras que había levantado contra ella. Su orgullo podría decir que no debía amarla, pero, ¿y su corazón? Negación, ira, anhelo, pérdida... Experimentó todos aquellos sentimientos, un tormento de posibilidades que lo abrumaban.

Instintivamente, Fliss sintió el cambio que se producía en Vidal y, antes de que pudiera resistirse, su propio cuerpo estaba respondiendo, dándole la bienvenida, deseándolo, deseándolo al tiempo que su anterior determinación daba paso a algo más elemental e irresistible. Quería que Vidal alimentara ese sentimiento, aquel nuevo e intenso deseo.

Era completamente incapaz de detener los sonidos de placer que le brotaban de la garganta mientras su cuerpo respondía a los movimientos rítmicos que el cuerpo de Vidal realizaba dentro del suyo propio, incrementando cada vez más el placer. Ese placer se apoderó de ella, llenándola por dentro, aprisionándola, demandando su sumisión, haciéndole olvidar la razón por la que estaba ocurriendo aquel acto de intimidad.

Perdido en la amarga dulzura de lo que podría haber sido, Vidal se tensó de incredulidad cuando notó el himen en el interior del cuerpo de Fliss. Aquella sensación lo llenó de confusión. La miró, pero estaba perdida en su propio placer.

Ella no tardó en darse cuenta de que Vidal había detenido los deliciosos movimientos que le habían estado proporcionando tanto gozo. En la expresión de su rostro, Fliss vio sorpresa y notó que estaba a punto de retirarse, algo que no deseaba.

–No...

Se aferró a él, animándolo a completar la sensual posesión que había iniciado, mirándolo para que se diera cuenta de que deseaba que él le diera lo que tanto ansiaba.

¿Qué le estaba ocurriendo? ¿Dónde estaba la ira que debía estar sintiendo? ¿Cómo era posible que Vidal hubiera conseguido robársela y reemplazarla por aquella deliciosa dulzura? No lo sabía. No era capaz de razonar lógicamente. Sus sentimientos eran demasiado fuertes para eso. Sólo sabía que todo lo que siempre había deseado estaba allí, con Vidal.

Vidal sintió que Fliss temblaba entre sus brazos. Debería terminar aquello en aquel mismo instante. Había preguntas que hacer, historia que volver a reescribir. Sin embargo, estaban allí, haciendo justo lo que él llevaba toda una vida deseando. Y ella lo deseaba.

La realidad no tenía ningún sitio allí. Era un lugar en el que los sueños rotos podían volver a reescribirse, en el que las esperanzas podían hacerse realidad. El dolor desapareció.

El cuerpo de Vidal tomó su propia decisión. El movimiento hizo que Felicity pronunciara un suave ronroneo en lo más profundo de la garganta. Lo miraba del mismo modo en el que lo había mirado a los dieciséis, pero su mirada era ya la de una mujer, igual que su deseo. Llevaba tanto tiempo deseándola. La había amado desde hacía tanto tiempo...

¡No!

Era demasiado tarde para poder negar nada. Su cuerpo ya no escuchaba. Estaba poseído por una oleada de deseo que era imposible de detener.

Se movió dentro de ella, cuidadosa pero firmemente, silenciando el pequeño grito que ella exhaló cuando sintió que su cuerpo se tensaba y que lo que había comenzado como dolor se transformaba en placer. Su cuerpo quedó libre para responder a aquella posesión. Poco a poco, fue perdiendo constancia de todo lo que la rodeaba. Sólo quedó Vidal para ayudarla a cabalgar sobre las oleadas de placer.

Finalmente, las sensaciones parecieron llegar a su punto más álgido y estallaron en un placer tan intenso, que ella casi no lo pudo soportar. Gritó el nombre de Vidal en medio de un revuelo de palabras cuando el orgasmo se apoderó de ella. Vidal la agarró con fuerza y dejó que su propio cuerpo se acompasara también a los espasmos finales del gozo de ella.

Capítulo 8

VIDAL miró la oscuridad tratando de encontrar el modo de avanzar a tientas. El dormitorio quedaba iluminado por una tenue luz. La oscuridad que tenía que dominar era la que había en su interior, en su negligencia por no haber sabido reconocer la verdad.

–¿Me equivoco al pensar que... la intimidad que acabamos de compartir estaba, al menos por tu parte, buscada por la necesidad de castigarme? ¿De demostrarme que me equivocaba sobre ti?

–No me he pasado los últimos siete años creando un plan para que me sedujeras, si es eso a lo que te refieres –replicó Fliss.

Estaban inmóviles en la cama. Por mucho que a Fliss le hubiera gustado levantarse y protegerse volviéndose a vestir, sospechaba que, si lo hacía, Vidal sabría inmediatamente que lo hacía porque se sentía vulnerable.

Vulnerable porque su cuerpo se sentía encantado con Vidal y demasiado preparado para explorar la posibilidad de experimentar una repetición del placer que él acababa de darle. Era como si, a cambio de su virginidad, Vidal le hubiera hecho descubrir una necesidad que sólo él pudiera satisfacer. Si eso era cierto...

No. No debía empezar a pensar así. Debía recordar cómo se había sentido antes de ese placer. Debía recordar por qué había sido tan importante para ella que Vidal se enfrentara a la realidad de su virginidad.

–No hay más juegos, Felicity –dijo Vidal con voz controlada y vacía de sentimiento–. Me animaste a robarte tu virginidad no para darme placer a mí o a ti misma, sino para castigarme. No se trataba de un acto de intimidad, sino de venganza.

Fliss sabía que Vidal sólo estaba tratando de que ella sintiera que se había equivocado. Y lo estaba haciendo porque no quería admitir que era él quien lo había hecho.

–Te equivocaste sobre mí en el pasado y veo que sigues equivocándote –le recordó ella–. Sigues echándome en cara un supuesto pasado. Yo no he planeado deliberadamente nada de lo ocurrido, si eso es lo que crees, pero cuando se presentó la ocasión, sí, efectivamente quise que ocurriera.

–Podrías haber parado cuando te diste cuenta de que yo me había percatado de que eras virgen.

Fliss sintió un escalofrío de aprensión. ¿Se habría dado cuenta él de que ella había terminado deseándole tanto que el propósito original de lo que estaba haciendo había dejado de importar? Eso significaría nuevas humillaciones para ella. Tenía veintitrés años, no dieciséis, y no estaba preparada para pensar en la posibilidad de llevar deseándolo todos esos años.

–Tal vez sentí que, si lo hacía, siempre estaría la cuestión sobre... sobre la prueba real y que tú después podrías pensar que te habías imaginado que yo era virgen.

–¿Tal vez?

Fliss se encogió de hombros.

–¿De qué servía dejar las cosas en aquel punto? Tú siempre has sentido una gran antipatía hacia mí, Vidal –añadió, antes de que él pudiera responder–. Los dos lo sabemos. Yo quería asegurarme de que los dos conocíamos la verdad.

–¿Significa eso que seguiste siendo virgen por si surgía la oportunidad de enfrentarme a la verdad?

Vidal se estaba burlando de ella. Fliss estaba completamente segura. Ella sintió que, poco a poco, iba perdiendo el control.

–¿Tienes idea de lo que se siente al ser etiquetada como tú me etiquetaste a mí? No sólo por lo que pensabas de mí, sino... sino por el modo en el que afectó a lo que yo sentía sobre mí misma. Tengo veintitrés años. ¿Cómo crees que me sentía sobre el hecho de tener que explicar a un hombre del que podría enamorarme que no había tenido relaciones sexuales? Él habría pensado que yo era un bicho raro.

–Entonces, ¿es culpa mía que fueras aún virgen?

–Sí. No. Mira, no veo de qué puede servir que los dos discutamos esto. Yo sólo quiero seguir con mi vida. Como te he dicho, sé que tú jamás has sentido simpatía alguna por mí. Lo demostraste cuando no me dejaste escribir a mi padre.

–Tú me deseabas.

–No, sólo quería justicia.

–Yo te excitaba. Mis caricias...

–No. Me excitaba el hecho de saber que tú te

verías obligado a admitir que te habías equivocado. Después de todo, yo ni siquiera te gusto, pero tú... tú... No quiero volver a hablar al respecto –dijo ella. Temía que Vidal volviera a tocarla, a tomarla entre sus brazos. Si lo hacía como había hecho antes...–. Sólo quiero que te vayas.

Eso no era cierto. Quería que Vidal se quedara. Quería que él la tomara entre sus brazos y... y ¿qué? ¿Que la amara? Ya no tenía dieciséis años.

Vidal cerró los ojos. ¿Por qué estaba haciendo aquello? ¿Qué estaba esperando? ¿Obligarla a decirle que lo amaba del mismo modo que él se había visto aceptado a admitir que se había equivocado con ella? ¿Era ésa de verdad la clase de hombre que él era, un hombre cuyo orgullo exigía que ella lo amara simplemente porque él la amaba a ella? Vidal sintió un sabor amargo en la boca, un peso en el corazón. ¿No le había hecho ya bastante daño a Fliss?

Ella oyó que Vidal suspiraba. No podía ser una señal de arrepentimiento, por supuesto. Ero era imposible. No se creía que pudiera darse la vuelta y mirarlo cuando sabía que él se disponía a abandonar la cama. No lo miró tampoco mientras se vestía y cuando, por fin, se marchó del dormitorio.

Su anterior euforia se había esfumado por completo. Se sentía agotada y vacía, hueca emocionalmente aparte del desgraciado anhelo que existía en su corazón. Lo que deseaba más que nada era que Vidal la tomara entre sus brazos y saber que lo que habían compartido era especial. ¿De verdad era tan necia? ¿Era eso lo que en realidad había esperado, que, como en un cuento de hadas, su beso lo trans-

formara todo e hiciera que Vidal se enamorara perdidamente de ella?

¿Que se enamorara perdidamente de ella? Eso
no era lo que quería en absoluto. ¿O sí?

¿Acaso no estaba escondido en su interior el
germen de la jovencita de dieciséis años que había
sido, con todos sus sueños e ilusiones románticas?

Enterró el rostro entre las manos. El cuerpo le
temblaba mientras trataba de decirse que todo iba a
salir bien. Que estaba a salvo y que no amaba a Vidal.

En su dormitorio, Vidal estaba inmóvil y silencioso. Debería ducharse, pero aún tenía el aroma de
Felicity sobre la piel y, dado que eso era lo único
que tendría de ella a partir de aquel momento, aparte de sus recuerdos, lo mejor que podría hacer sería
aferrarse a aquella esencia todo el tiempo que pudiera, como si fuera un adolescente abrumado por
su primer amor de verdad.

O un hombre conociendo a su único amor.

Ya no podía ocultarse la verdad. Jamás había
dejado de amar a Felicity. Allí era donde le habían
llevado los celos y la pasión. Al lugar del odio hacia sí mismo y del arrepentimiento, un verdadero
desierto del corazón en el que se sentiría para siempre atormentado por el espejismo de lo que podría
haber sido. No le reconfortaba ni le satisfacía saber
que Fliss también lo había deseado a él o que su
deseo, el que él había despertado en ella, había terminado por borrar toda idea de venganza o castigo
que ella pudiera tener. Vidal sabía lo suficiente so-

bre el poder del verdadero deseo para reconocerlo inmediatamente en él y en ella. Si hubiera sido más valiente, la habría forzado a admitir el deseo que sentía hacia él, pero, ¿qué satisfacción le habría dado eso?

Se había equivocado terriblemente con ella y no había excusas para mitigar ese error ni modo alguno de enmendarlo. Tendría que vivir con eso durante el resto de su vida. Un peso insoportable que debía añadir al que ya llevaba, al que cargaba desde hacía siete años: el peso de amarla sin razón o lógica y tan completamente que en su vida no habría sitio para otra mujer. Ya estaba. Lo había admitido. La había amado entonces y seguía amándola en el presente. Jamás había dejado de amarla. Jamás dejaría de amarla. Nunca.

Sin embargo, era el peso que cargaba la propia Felicity el que más pesaba sobre su conciencia y sobre su corazón. Por orgullo y celos, había creído que guardando la inocencia de Fliss hasta que fuera lo suficientemente madura para que él pudiera cortejarla, podría ganarse el corazón de la muchacha de quien se había enamorado. No había podido soportar el hecho de que otro hombre pudiera tener lo que él había deseado y se había negado. Se había sentido furioso con Felicity por elegir a otro hombre, la había juzgado mal y la había castigado por ello.

Capítulo 9

TE dejaré a solas para que puedas seguir recorriendo la casa. La reunión que tengo con el ingeniero no creo que dure mucho tiempo. En cuanto haya terminado, regresaré a por ti y nos marcharemos a Granada.

Fliss asintió. Se sentía demasiado emocionada por estar en la casa de su padre como para poder articular palabra. Casi no había dormido, pero lo que más le turbaba era que su cuerpo, como si fuera completamente ajeno a la realidad que había entre ellos, había reaccionado ante la proximidad de Vidal en el coche aquella mañana como si los dos fueran verdaderos amantes. Deseaba estar cerca de él. Se había sentido atraída hacia él en varias ocasiones e incluso había pensado en acercarse un poco más. Sus sentidos ansiaban la intimidad que habían compartido.

¿Ocurría siempre así después de las relaciones sexuales? ¿Existía siempre aquella necesidad de continuar juntos? ¿El deseo de tocar y ser tocado? ¿De ser abrazado y saber que otra persona compartía pensamientos y sentimientos? De algún modo, Fliss no lo creía, lo que significaba que...

–Esta mañana no podía encontrar el colgante de mi madre –dijo para no seguir teniendo aquellos pensamientos.

–Lo tengo yo. El broche está defectuoso. Haré que te lo reparen en Granada.

–Gracias.

–Antes de que me marche, hay algo que tengo que decirte.

Fliss jamás había visto a Vidal con un aspecto tan serio y sombrío. Jamás había escuchado tanta dureza en la voz, ni siquiera en aquella terrible tarde cuando la miró tanto desprecio mientras ella estaba atrapada bajo el cuerpo de Rory.

Automáticamente se tensó, esperando que cayera el golpe. Por lo tanto, las palabras de Vidal la dejaron atónita.

–Te debo una disculpa, y una explicación. Sé que no hay palabras que puedan deshacer lo que ya está hecho. No hay explicaciones o reconocimiento de culpa por mi parte que pueda devolverte los años que has perdido cuando deberías haber sido completamente libre para... para disfrutar de tu feminidad. Lo único que puedo hacer es esperar que sea cual sea la satisfacción que sacaste de lo ocurrido anoche sea suficiente para librarte del dolor que te infligí en el pasado. La acusación que hice contra ti aquella tarde nació de mi... orgullo y no de tu comportamiento. Me habías mirado con un inocente deseo y...

–¿Y por eso pensaste que yo era promiscua?

El rostro le ardía por la referencia que él había hecho a lo de «inocente deseo», pero por mucho que quería refutarlo, sabía que no podía. Aquél no era un tema sobre el que quería que él pensara demasiado, por lo que añadió:

–No hay necesidad de que digas nada más. Sé lo

que te motivó, Vidal. Sentías antipatía y desaprobación hacia mí incluso desde antes de conocerme.

—Eso no es cierto.

—Claro que lo es. Querías evitar que yo siguiera
escribiendo a mi padre, ¿recuerdas?

—Eso era...

—Eso era lo que sentía sobre mí. Yo no era lo suficientemente buena para escribir a mi padre, igual
que mi madre tampoco lo había sido para casarse
con él. Bien, al menos mi padre se replanteó nuestra relación, aunque tú sigues deseando que no
existiera.

Por el bien de Fliss, tal vez fuera mejor permitir
que creyera lo que estaba diciendo. No podía deshacer el daño que ya se había hecho. Nada podía
hacerlo. Sin embargo, no podría hacerle cargar a
ella también con su amor, un amor que ella no deseaba. Lo deseaba a él. Tal vez Vidal había tardado
en reconocer que amarla significaba anteponer la
felicidad de ella, pero ahora que lo había hecho, estaría mal por su parte utilizar la primera vez que
ella saboreaba el deseo adulto como medio para
tratar de persuadirla de que podría llegar a amarlo.
No podía hacerlo ni siquiera aunque significaba
que tenía que quedarse mirando mientras ella se
alejaba de él.

Mientras recorría la casa, pensó en su madre y
en su padre. La tristeza que sintió por ellos, por
todo lo que nunca habían tenido llenaba sus sentimientos y sus pensamientos. Dos buenas personas
que simplemente no habían sido lo suficientemente
fuertes contra los que no habían querido que estuvieran juntos.

Sin embargo, ella era la prueba viviente de que su amor había existido. Estaba en la puerta del dormitorio principal de la casa, pero no había sido el que su padre había ocupado. Según Vidal, su padre había preferido dormir en un dormitorio más pequeño, más sencillo, al final del pasillo. Una habitación que, con su desnudez, no le decía mucho sobre el hombre responsable de su existencia.

Tras terminar de recorrer la casa, sólo le quedaba esperar a que Vidal regresara. Nada que hacer aparte de tratar de no pensar en la intimidad que los dos habían compartido. A sus dieciséis años, ella se había pasado muchas horas imaginándose cómo Vidal le hacía el amor. Ya lo había conseguido, pero quería que él volviera a hacerlo una y otra vez. Quería que el placer que Vidal le había dado fuera de ella exclusivamente. Quería que Vidal fuera suyo exclusivamente.

¿Qué era lo que había hecho? Por demostrar a Vidal que él se había equivocado a la hora de juzgarla, se había limitado a cambiar una carga emocional por otra. Ya no tenía ira tras la que ocultar sus verdaderos sentimientos hacia Vidal. ¿Sus verdaderos sentimientos? ¿Podía una mujer enamorarse de por vida a la edad de dieciséis años? ¿Podría de verdad saber una mujer que la posesión del primer amante era la única que desearía? Su corazón y sus sentidos respondieron inmediatamente. Amaba a Vidal. Su ira contra él por haberla juzgado equivocadamente se mezclaba con dolor porque él no le correspondía.

Amaba a Vidal.

Desde la ventana del dormitorio principal vio

que se acercaba un coche a la casa. Era el coche de Vidal. Había regresado para recogerla, tal y como le había dicho. Muy pronto estarían de camino a Granada. Muy pronto ella regresaría a Londres y a la vida que llevaba allí. Una vida sin Vidal. ¿Podría soportarlo? Tendría que hacerlo.

Llegó al recibidor justo cuando Vidal abría la puerta principal.

–¿Has visto ya todo lo que querías ver? –le preguntó él.

Fliss asintió. No se atrevió a articular palabra en aquellos momentos, cuando su corazón ansiaba estar a su lado y conseguir su amor.

Más tarde, Fliss comprendió que, a partir de aquel momento, cuando oliera el aroma de los cítricos, pensaría en el valle de Lecrín, en el contacto de las manos de Vidal sobre su piel, en la pasión de sus besos y en el modo en el que la había poseído. No obstante, los recuerdos le proporcionarían un placer agridulce.

Capítulo 10

LA casa de Granada bullía de actividad. Fliss sabía que la razón era el hecho de que su dueño y señor estaba a punto de marcharse a Chile para celebrar una reunión de negocios a finales de la semana con el socio que tenía en el país andino.

–Sé que es una tontería, pero no puedo evitar sentirme un poco nerviosa cada vez que Vidal tiene que volar a América del Sur. Siempre recuerdo la muerte de su padre y me hace preocuparme por la seguridad de Vidal. Sin embargo, jamás se lo digo a él. Pensaría que soy una exagerada –le confió la duquesa a Fliss mientras desayunaban juntas en la galería del patio dos días después de que Fliss hubiera regresado del castillo–. Supongo que tú también vas a regresar pronto a Inglaterra, pero debes mantener el contacto con nosotros, Fliss. Después de todo, ya eres parte de la familia.

¿Parte de la familia? Pues Vidal no quería que ella lo fuera.

Como si sus pensamientos hubieran conjurado su presencia de algún modo, el propio Vidal salió de la casa y se acercó a reunirse con ellas. Se inclinó para besar a su madre en la mejilla y le dedicó una sonrisa. La mirada que le dedicó a Fliss fue mucho más fría.

—He concertado una cita con el señor González mañana por la mañana para que pueda empezar a preparar el contrato de compraventa de la casa de tu padre.

—No voy a vender.

Las palabras salieron solas, como si Fliss no tuviera control alguno sobre ellas. Se quedó igual de desconcertada que Vidal al escucharlas. Hasta aquel momento, ni siquiera se le había pasado por la cabeza quedarse con la casa de su padre, pero tras decirle a Vidal que no iba a venderla, le pareció de repente que quedársela era lo más natural.

Casi como si la hubieran tocado físicamente, sintió de algún modo la aprobación y la alegría de sus padres. Ellos querían que se quedara con la casa. Estaba más segura de eso de lo que nunca lo había estado de nada más en toda su vida. Supo que, por mucho que Vidal tratara de hacer que cambiara de opinión para que le vendiera la casa, ella no lo haría porque, sencillamente, no podía hacerlo.

—Esa casa pertenece al ducado —le dijo Vidal secamente—. Cuando se le dio a Felipe...

—Cuando mi padre me la dejó, lo hizo porque quería que yo la tuviera —le interrumpió ella—. Si él hubiera querido que regresara al ducado, eso habría sido lo que hubiera hecho. Es mía y tengo la intención de quedármela.

—¿Para fastidiarme? —sugirió Vidal fríamente.

—No. Tengo la intención de quedarme la casa por mí misma... por mis hijos. Para que al menos

ellos puedan saber algo de sus antepasados españoles.

¿Qué hijos? Los únicos hijos que Fliss deseaba
tener eran los de Vidal, unos hijos que jamás se le
permitiría tener. Sin embargo, las palabras parecieron haber sido suficientes para enojar a Vidal. De
eso estaba segura.

Los ojos le ardían como si fueran oro líquido
cuando le desafió.

—¿Y esos hijos los traerás aquí a España? ¿Junto
al hombre con el que los hayas tenido?

—Por supuesto que sí —dijo ella negándose a sentirse intimidada—. ¿Y por qué no iba a hacerlo? Mi
padre me dejó la casa porque quería que tuviera
algo suyo. Por supuesto que la compartiré con mis
hijos —añadió. Se sentía abrumada por lo que estaba sintiendo—. Tal vez pudieras impedirme que tuviera contacto con mi padre, pero no pudiste evitar
que él me dejara su casa, aunque sin duda lo inten-
taste.

Fliss no pudo seguir hablando. Simplemente no
estaba segura de que la voz fuera a acompañarla.
Sacudió la cabeza, se levantó de la silla y prácticamente echó a correr hacia el interior de la casa en
su desesperación por escapar de la presencia de Vidal antes de que se derrumbara por completo.

Sólo cuando alcanzó por fin la seguridad y la intimidad de su dormitorio, dejó que sus sentimientos
se desbordaran. Entonces, la puerta de su dormitorio se abrió de repente. Fliss se quedó helada al ver
que era Vidal quien entraba.

Aquella vez, ni siquiera se había molestado en
llamar. Aquella vez, simplemente había abierto la

puerta y había entrado, cerrándola de un portazo a sus espaldas.

Se sentía enojado, furiosa, salvaje y apasionadamente enojado. Fliss se dio cuenta. Algo en su interior cobró vida para igualar esos sentimientos con una salvaje y tempestuosa intensidad que la llevaron a enfrentarse a él con gesto desafiante.

–No sé qué es lo que quieres, Vidal...

–¿No? Entonces, deja que te lo demuestre.

Recorrió la distancia que los separaba antes de que Fliss pudiera reaccionar. La tomó entre sus brazos con la pasión y la necesidad de un hombre.

–Esto es lo que quiero, Felicity, y sé que tú también lo deseas. Por lo tanto, ni siquiera te molestes en tratar de fingir que no es así. Lo sentí, lo vi, lo saboreé en ti y sé que sigue ahí, latente. ¿No se te ha ocurrido nunca que al entregarte a mí podrías haber desatado algo que ninguno de los dos puede controlar, algo por lo que los dos tenemos que pagar un precio? No, por supuesto que no. Igual que, evidentemente, jamás se te ocurrió que un hombre que siente celos al ver a una muchacha de dieciséis años a la que desea, pero que se ha negado a poseer por la creencia moral de que ella es demasiado joven, podría juzgarla equivocadamente cuando la encuentra en la cama con otro hombre.

¿Qué estaba haciendo? Ni siquiera debería estar allí, diciendo cosas como aquéllas. Debería estar guardando las distancias entre Felicity y él todo lo que pudiera. Habían sido las palabras de Fliss sobre el hecho de que quería quedarse con la casa de su padre para compartirla con sus hijos lo que le había provocado aquella reacción. La angustia de imaginársela con el hijo de otro hombre, concibiéndolo, gestándolo, amándolo como amaba al hombre que se lo había dado había sido mucho más de lo que él podía soportar. Una voz en su interior lo animaba a guardar silencio, a dejarlo estar mientras aún era posible, pero el dolor que sentía por el deseo que experimentaba hacia Fliss la ahogaba irremisiblemente.

–Yo no estaba en la cama con Rory –dijo Fliss. Fue la única protesta que pudo pronunciar. Su mente no dejaba de pensar en lo que Vidal acababa de decir.

¿Vidal la deseaba? ¿Se había sentido celoso por el hecho de verla con otro hombre?

–Me prometí a mí mismo que no haría esto –decía él con voz airada–. Me dije que me rebaja como hombre utilizar el deseo sexual que sentimos el uno por el otro para tales propósitos, pero no me dejas elección.

–¿Que no te dejo elección?

Fliss no iba a pensar en lo que él acababa de decir, en el hecho de que los dos compartieran un deseo sexual, como tampoco iba a pensar en la alegría que las palabras de Vidal le habían dado. En vez de eso, se centraría en la práctica y en la lógica, en la arrogancia de que él creyera que podía entrar en su dormitorio y pensar que... ¿Qué se esperaba?

El cuerpo de Fliss se había empezado a excitar y sus pensamientos daban vueltas hasta estar fuera de control. Eran pensamientos salvajes, eróticos, sensuales y muy peligrosos, que querían enviarla a los brazos de Vidal.

–No cuando me hablas de tus planes para el fu-

turo, un futuro que incluye tomar un amante que te
dé hijos. Tal vez te los dé, pero primero yo te daré
esto y tú me darás la pasión que me prometiste todos esos años atrás. No trates de negarlo. Ya me has
demostrado que me deseas.

–Cualquier mujer es capaz de fingir placer sexual.

–El cuerpo humano no miente. Tu cuerpo me
deseaba. Me dio la bienvenida. Ansiaba mi contacto. Cuando ese momento llegó, él me demostró que
yo le había dado placer, como volveré a hacerlo
ahora. No me lo impedirás porque no deseas hacerlo, aunque intentes convencerte de todo lo contrario.

Fliss trató de responder, pero fue demasiado tar
de. Vidal comenzó a besarla, fiera y apasionadamente. En cuestión de segundos, ella comenzó a
devolverle el beso con idéntica pasión y necesidad.

La mano de Vidal le cubrió un seno y sus dedos
encontraron un pezón ya erecto.

Aquello era lo último que Fliss hubiera esperado y, sin embargo, era lo primero que había deseado. No podía negarlo, pero trató de hacerlo. No
obstante, no encontró las palabras para hacerlo. Su
cuerpo, sus sentidos, sus sentimientos ya habían dicho que sí.

Vidal reconoció lo mucho que se había esforzado
por luchar contra el deseo que sentía hacia ella y que
se estaba adueñando de él en aquellos momentos.
Había fracasado completamente. No había planeado
que aquello ocurriera. De hecho, se había esforzado
todo lo que había podido para evitar que sucediera.
Sin embargo, en aquellos momentos ya no podía

controlar el deseo que sentía hacia Fliss más de lo que ella podía ocultar su respuesta hacia él.

Fliss pensó que era inútil huir y más aún permitirse amarlo. Eso era exactamente lo que estaba haciendo. Vidal la miró profundamente a los ojos y la besó lenta y delicadamente. La sensación de su boca moviéndose sobre la de ella con tanta sensualidad estaba minando su resistencia. Lo único que Fliss quería hacer era responderle, darse a él, sentir cómo él la abrazaba, la tocaba y la poseía. La fuerza de esa necesidad hizo que todo su cuerpo se echara a temblar en brazos de Vidal, como si fuera un junco meciéndose con el viento. Necesitaba el apoyo de él para que la protegiera de su propia vulnerabilidad.

Vidal se apartó y se quitó la camisa. Entonces, le enmarcó el rostro y le besó el cuello. Este simple gesto provocó cálidas oleadas de placer.

–Tócame –le susurró él al oído. Entonces, le tomó la mano, se la colocó sobre su cálido torso y la retuvo allí–. Tócame, Fliss, como he querido que me tocaras desde el momento que te vi.

Incapaz de detenerse, Fliss obedeció. ¿Acaso no era aquello lo que tanto había ansiado? En aquellos momentos, mientras exploraba el torso de Vidal, sintió cómo las yemas de sus dedos iban excitando la piel de Vidal a cada paso. Se hizo más osada y fue explorando cada vez más abajo, hasta llegar a la lisa llanura donde el vello desaparecía por debajo de los pantalones. Sabía que llegar hasta allí era peligroso. Pasar más allá podría ser fatal porque la conduciría a un estado de plenitud que no querría volver a abandonar.

—Quieres seguir atormentándome, ¿verdad? —dijo él—. En ese caso, tal vez yo también te debería atormentar un poco.

Antes de que Fliss pudiera detenerlo, Vidal la tomó en brazos y la llevó a su dormitorio, muy minimalista en diseño y decoración. No obstante, la cama sobre la que él la colocó le parecía ser el lugar más sensual y peligroso que hubiera conocido nunca. ¿O acaso era porque Vidal la estaba desnudando y se estaba desvistiendo él también, entre besos? Cada beso, cada caricia la llevaba a un lugar de tan intensa necesidad que nada más existía. Su cuerpo, ya desnudo, temblaba con la fuerza de su anhelo.

—¿Ves cuánto me deseas? —le dijo Vidal.

Fliss no pudo negarlo. Por supuesto que lo deseaba. Lo deseaba, lo necesitaba. Lo amaba. Su cuerpo lo admitía en silencio.

Vidal se inclinó sobre ella y le acarició el cuerpo desde la cadera a los pechos con un exigente movimiento que terminó con él inclinando la cabeza para tomar un pezón entre los labios y provocarle tanta necesidad, que ella se echó a temblar. Con la mano que le quedaba libre, le cubrió el otro seno y empezó a separarle las piernas con una rodilla.

El deseo que se desató en ella fue como un volcán de calor líquido. La satisfacción de sentir el sexo erecto de Vidal contra el suyo fue en principio muy placentera, pero pronto se convirtió en una forma de exquisita tortura porque empezó a ansiar más intimidad. Apretó la parte inferior de su cuerpo contra la de él mientras que Vidal, por su parte, la levantaba contra sí, abriéndole las piernas para envolvérselas alrededor de su cuerpo.

Fliss ansiaba tenerlo dentro de él. Sólo pensarlo le hacía sentir un deseo insoportable, pero Vidal la apartó de su lado, dejándola. ¿Qué estaba haciendo?

–Todavía no –le dijo muy suavemente–. Quiero acariciarte entera, saborearte por todas partes, conocerte primero.

Comenzó a depositar suaves besos por la parte de atrás de la rodilla y luego por el interior del muslo mientras comenzaba a acariciarle su henchido sexo. El pulso latía allí con una gran intensidad, empujándola hasta el objetivo que tanto ansiaba su cuerpo. Las caricias de Vidal contra la íntima humedad de su sexo eran muy placenteras, pero la empujaban a desear más. Trató de detenerle la mano para demostrarle lo que de verdad quería, pero él se lo negó. Inclinó la cabeza y comenzó a acariciarla con la lengua. Fliss se aferró a lo que le quedaba de razón hasta que ya no pudo más. Entonces, comenzó a gritarle que completara el placer que él le estaba dando.

–¡Ahora! ¡Ahora! –le suplicó a Vidal.

Había perdido por completo el control y se había visto atrapada por la vorágine del deseo que él había despertado en ella. Los sentidos de Fliss, ya suficientemente excitados, absorbieron la realidad de su esencia de hombre cuando él se detuvo y se colocó encima de ella con una potente y firme erección.

Fliss se echó a temblar por la agonía de placer que sintió al notarla contra la entrada de su propio cuerpo. Su sexo ardía de anhelo. Los músculos le temblaban de anticipación por el placer que él le prometía.

El primer movimiento de Vidal, rápido y urgente, la hizo gritar presa de un paroxismo de increíble placer. Su cuerpo esperó en la cresta de ese placer a que él le diera más de lo que tanto ansiaba. Otro movimiento, más profundo, más duro. El cuerpo de Fliss se tensó en torno al de él.

–Me deseas –dijo él.

–Sí. Sí. Te deseo. Vidal. Te necesito ahora mismo –susurró. Las cálidas y apasionadas palabras se le escaparon de los labios mientras se aferraba a él, abrazándolo, temblando de placer y anticipación.

–Dímelo otra vez –le pidió él mientras se hundía más profundamente dentro de ella–. Dime cuánto me deseas.

–Tanto... tanto... más de lo que puedo describir con palabras –le confesó Fliss mientras depositaba besos frenéticos sobre el rostro de Vidal.

Él comenzó a moverse dentro de ella, satisfaciéndola por completo. Fliss se aferró a él a medida que la tensión que había en su interior comenzó a crecer hasta que la poseyó por completo, hasta que fue dueño de su sangre y de su corazón, de todo su ser. Entonces, tras un segundo de espera, sintió una fuerte contracción de su cuerpo que la llevó a la más alta excitación posible. Su orgasmo se produjo al mismo tiempo que el de Vidal.

Perdido en las agradables sensaciones de tan maravillosa intimidad, Fliss se sintió indefensa y muy vulnerable ante lo que estaba sintiendo. Se aferró a él, sabiendo ya con toda seguridad que no era sólo deseo lo que la poseía. Era amor. ¿Qué sentiría él hacia ella?

Notó el cálido aliento de Vidal contra el oído.

–¿Vidal? –susurró, con voz temblorosa.

El pecho de él se tensó. Oía la emoción en la voz de Felicity. El modo en el que temblaba al decir su nombre había sido como una caricia física contra su piel. Ese sentimiento, sin embargo, provenía de la satisfacción de su deseo. Nada más.

Respiró lentamente. Entonces, le dijo secamente:

–Ya estamos iguales. Tú utilizaste mi deseo para demostrar que yo me había equivocado contigo. Ahora, yo he utilizado el tuyo para demostrar que tú me mentiste cuando me dijiste que no me deseabas.

Fliss oyó la fría voz de Vidal. Aún estaba tumbada en la cama con él, después de haberlo amado tan íntima e intensamente, completamente incapaz de protegerse de la crueldad de las palabras que él acababa de pronunciar.

Capítulo 11

NO podía seguir allí tumbada para siempre, presa de una pena tan intensa que ni siquiera las lágrimas podrían aliviar. Debía de haberse duchado y vestido después de que Vidal se hubiera marchado, pero no recordaba haberlo hecho. De lo único de lo que se acordaba era de las últimas palabras que Vidal le había dedicado, de su crueldad. Había estado loca por pensar que lo que había ocurrido entre ellos podía cambiar cualquier cosa. Él la odiaba.

Alguien estaba llamando a la puerta del dormitorio. Se tensó y luego se echó a temblar. ¿Habría regresado Vidal? ¿Quería seguir humillándola? El corazón se le encogió de dolor.

Volvieron a llamar a la puerta. Fliss tendría que contestar. Se levantó y se dirigió hacia ella. Cuando la abrió y vio que se trataba de la duquesa, respiró de alivio.

–¿Puedo entrar? –le preguntó la duquesa–. Tengo algo que decirte, sobre lo que Vidal y tú dijisteis antes.

Fliss se dio cuenta, demasiado tarde, de que cuando había estado discutiendo con Vidal, se había olvidado por completo de la presencia de la duquesa, que había estado allí como testigo silencioso de las acusaciones de ambos. Ella se había enfrentado con su hijo. Como no le quedaba más remedio, asintió y se hizo a un lado para que la duquesa pudiera pasar.

–Tenía que hablar contigo –dijo la duquesa mientras tomaba asiento en una de las butacas que había junto a la chimenea. Fliss se sentó frente a ella–. A ninguna madre le gusta oír que se habla de su hijo en los términos en los que tú hablaste de Vidal antes. Sin embargo, es precisamente por el bien de Vidal por lo que quiero hablar contigo, Felicity. Y también por tu propio bien. La amargura y el resentimiento son sentimientos muy destructivos. Corroen a una persona hasta que no queda nada más que destrucción. No me gustaría pensar que eso es lo que os ocurre a vosotros, en especial cuando esos sentimientos no son necesarios.

–Lo siento mucho si le hice a usted daño o la ofendí de algún modo. No era mi intención, pero el modo en el que Vidal se ha comportado, evitando que yo me pusiera en contacto con mi padre...

–Eso no es cierto. No fue Vidal. Al contrario. De hecho, le debes mucho a Vidal y gracias a él has tenido... ¡Oh!

La duquesa se colocó la mano sobre la boca y sacudió la cabeza.

–Sólo he subido para defender a Vidal, no para... Sin embargo, me he dejado llevar por mis sentimientos. Te ruego que te olvides de lo que he dicho.

¿Olvidar? ¿Cómo podía olvidar?

–¿Qué es lo que no es cierto? –preguntó Fliss

con urgencia–. ¿Qué es lo que le debo? Por favor, le ruego que me lo diga.

–No puedo decir más –respondió la duquesa, muy incómoda–. Ya he dicho demasiado.

–No puede decir algo así y no explicarlo –protestó Fliss.

–Lo siento –se disculpó la duquesa–. No debería haber subido. Estoy furiosa conmigo misma. Lo siento, Fliss. De verdad.

Con eso, la duquesa se levantó y se dirigió hacia la puerta. Allí, se detuvo para mirarla.

–Lo siento mucho, de verdad.

Fliss miró la puerta cerrada después de que la duquesa se marchara. ¿Qué había querido decir? ¿Qué se había negado a contarle? Por supuesto, era normal que una madre defendiera a su hijo. Ella lo comprendía perfectamente, pero había habido mucho más que la protección de una madre en la voz de la duquesa. Había habido certeza. Conocimiento. Un conocimiento que ella no tenía. ¿De qué se trataba? ¿De algo que tenía que ver con el padre de Fliss? ¿Algo relacionado con el hecho de que Fliss no hubiera podido nunca ponerse en contacto con él? Era algo que tenía derecho a saber. Algo que sólo una persona podía decirle si tenía el valor suficiente para pedir una respuesta.

Vidal.

¿Tendría valor?

Seguramente no se trataría de nada importante. No habría ningún secreto que ella debiera saber, pero, ¿y si no era así? ¿Y si...? ¿De qué podría tratarse? Vidal le había dicho que él había interceptado la carta que ella le escribió a su padre y que no podía volver a escribirle. ¿Por qué?

Tenía que hablar con Vidal.

Vidal estaba en sus habitaciones, trabajando. Rosa le informó de este hecho en un tono de voz que sugería que él no querría que se le interrumpiera.

Sin darse tiempo para cambiar de opinión, Fliss comenzó a subir las escaleras. Sentía un nudo en el estómago y las rodillas amenazaban con doblársele. Tenía la boca seca de aprensión.

Mientras avanzaba por el pasillo, una parte de ella quería darse la vuelta. Pero no lo hizo.

La puerta de las habitaciones de Vidal estaba entornada. Fliss llamó suavemente y esperó. Un cobarde alivio se apoderó de ella cuando no se produjo una respuesta inmediata.

Dejó caer la mano. Estaba a punto de darse la vuelta cuando oyó que la voz de Vidal resonaba desde dentro e invitaba a pasar con voz potente a quien hubiera llamado.

Fliss puso la mano en el pomo. Se sentía algo mareada, como si hubiera bebido.

Al entrar en la sala, en lo primero en lo que se fijó fue que aquella estancia estaba decorada de un modo más moderno que el resto de la casa y estaba amueblada como un funcional despacho. Lo segundo fue que Vidal estaba de pie entre la puerta que había entre la sala en la que ella estaba y una ducha adyacente, con sólo una toalla rodeándole el cuerpo mojado. Él la miraba de un modo que dejaba muy claro que su presencia allí no era esperada ni deseada.

Incapaz de decir nada, sintiéndose indefensa de deseo y amor, al igual que plenamente consciente de que estaba en peligro de traicionar todo lo que él le había hecho sentir, Fliss se obligó a apartar la mirada.

Comprendió que Vidal le había permitido que pasara porque había creído que era un miembro del servicio. Ciertamente no parecía contento de verla. Fliss lo notaba por la sombría expresión de su rostro.

Con desesperación, vio que él estaba dándose la vuelta y que se disponía a marcharse.

–¡No! –protestó ella abalanzándose hacia delante y deteniéndose en seco al ver que él volvía a darse la vuelta tan rápidamente que sólo los separaba una corta distancia–. Quiero hablar contigo. Hay algo que quiero saber.

–¿Y es?

–¿Fuiste verdaderamente tú quien me impidió ponerme en contacto con mi padre?

El silencio que se produjo en la sala fue eléctrico. El aire prácticamente vibraba con la tensión de Vidal. Fliss supo inmediatamente que aquel silencio significaba que la pregunta que le había hecho a Vidal lo había pillado completamente por sorpresa.

–¿Qué te hace preguntarme eso?

–Algo que se le ha escapado a tu madre, por accidente –dijo ella. Sabía que si quería saber la verdad tenía que ofrecerle su propia verdad primero–. Eso me hizo pensar que lo que siempre he dado por sentado podría no ser verdad.

–Cuando se tomó esa decisión, se hizo pensando en lo que más te interesaba.

Fliss notó que estaba escogiendo muy cuidadosamente sus palabras. Demasiado cuidadosamente, lo que sugería que él estaba ocultando algo... o tal vez protegiendo a alguien.

–¿Quién tomó esa decisión? –preguntó ella–. Tengo derecho a saberlo, Vidal. Tengo derecho a saber quién tomó esa decisión y por qué. Si no me lo dices, volveré a hablar con tu madre y se lo preguntaré a ella una y otra vez hasta que me diga la verdad –le amenazó.

–No harás tal cosa.

–En ese caso, dime la verdad. ¿Fue tu abuela? ¿Mi padre? Tiene que ser uno de ellos. No había nadie más. La única otra persona implicada era mi madre...

Fliss prácticamente había estado hablando sola, pero el repentino movimiento de la cabeza de Vidal, la breve tensión de su mandíbula cuando Fliss mencionó a su madre lo delataron. Ese hecho hizo que ella se tensara y lo mirara con incredulidad.

–¿Mi madre? –susurró–. ¿Fue mi madre? Dime la verdad, Vidal. Quiero saber la verdad.

–Ella creía que estaba haciendo lo mejor para ti –respondió Vidal, evitando así la cuestión.

–¡Mi madre! Sin embargo, fuiste tú quien me devolvió la carta, tú... –murmuró. Se sentía atónita y desilusionada, tanto que no sabía si podía creer aquellas palabras–. No lo comprendo.

Vidal ansiaba tomarla entre sus brazos para consolarla, pero no lo hizo. Se había jurado a sí mismo que debía permitirle que tuviera libertad, que no debía imponer sobre ella la carga de su amor. Resultaba duro verla tan angustiada y no poder ofrecerle el consuelo que tanto deseaba darle.

En vez de eso, se limitó a decir:

—Deja que te explique.

Fliss asintió y se sentó en la silla más cercana. Se sentía confusa, pero aún había algo sobre la imagen de Vidal con la toalla rodeándole las caderas como única prenda que excitaba sus sentidos como si fuera una herida sangrante, recordándole todo lo que nunca podría tener.

—Después de la muerte de mi padre, el control de la familia y de las finanzas recayó sobre mi abuela. Yo era menor de edad y mi abuela pasó a ocuparse de todo lo que me hubiera correspondido a mí con la ayuda del abogado de la familia. El modo en el que mi abuela trató a tu padre, combinado con el hecho de que se negara a ayudar económicamente a tu madre o a reconocerte a ti, tuvo como resultado que tu padre tuviera una depresión. Tu padre era un hombre amable y cariñoso, pero desgraciadamente su salud mental resultó dañada por la determinación de mi abuela de asegurarse de que se casara bien. Tenía mucho talento para la historia y, de joven, dijo que quería abrirse camino en ese campo. Mi abuela se negó. Le dijo que no era aceptable que un hombre de su posición llevara a cabo un empleo remunerado. Como ya te he dicho, tu padre era un hombre bueno y amable, pero mi abuela era una mujer muy testaruda que era capaz de pasar por encima de cualquiera para hacer lo que pensaba correcto. Desde el momento en el que se dio cuenta de que quería seguir su propio camino en la vida, estuvo dispuesta a impedirlo. Jamás permitió que tu padre olvidara que estaba tratando de hacer lo que su verdadera madre hubiera querido para él, y ese hecho lo dejó muy confuso y con un gran sentimiento de culpabilidad. Por eso dejó a tu madre tan fácilmente. Creo que eso también fue la razón de que tuviera esa depresión cuando se enteró de que tu madre estaba embarazada. Quería estar con vosotras dos, pero no podía oponerse a mi abuela. Jamás se recuperó del todo.

Fliss notó la tristeza y el arrepentimiento que marcaban la voz de Vidal y no le quedó más remedio que reconocer que él debía de haber querido mucho a su padre.

—Nunca he dejado de sentirme culpable por el hecho de que fuera mi comentario lo que provocó que mi abuela comenzara a interrogar a Felipe y a tu madre sobre su relación. Jamás me perdonaré.

Fliss sintió una profunda pena hacia él porque sabía que era sincero en lo que acababa de admitir.

—Eras sólo un niño —le recordó—. Mi madre me dijo que siempre creyó que tu abuela llevaba algún tiempo sospechando algo.

—Sí. A mí me dijo lo mismo cuando la visité por primera vez, después de la muerte de mi abuela. Su amabilidad fue un bálsamo para el sentimiento de culpabilidad que yo tenía.

—¿Cuando la visitaste por primera vez? ¿Cuándo fue eso?

Se dio cuenta de que Vidal había dicho más de lo que había tenido intención.

—Después de la muerte de mi abuela, fui a visitar a tu madre —contestó, aunque de mala gana, la pregunta de Fliss—. Como cabeza de mi familia, era mi deber hacerlo para... para... asegurarme de que las dos...

—¿Fuiste a Inglaterra a ver a mi madre?

—Sí. Pensé que a ella le gustaría tener noticias de tu padre. La manera en la que se separaron no fue muy... amable y, además, había que pensar en ti. Quería que tu madre supiera que las dos seríais bienvenidas en España si decidía traerte aquí. Pensé que ella podría querer que tu padre te conociera y que tú lo conocieras a él.

Vidal estaba tratando de elegir muy cuidadosamente sus palabras. Felicity había sufrido ya mucho. No quería que sufriera aún más.

Sin embargo, Fliss se había imaginado lo que Vidal estaba tratando de ocultarle.

—Mi madre no quería volver a España, ¿verdad? ¿Acaso no quería que yo conociera a mi padre?

Vidal inmediatamente defendió a la madre de Fliss.

—Estaba pensando en ti. Tuve que decirle que Felipe había tenido una depresión y a ella le preocupaba el efecto que eso pudiera tener en ti.

—Hay más, ¿verdad? Quiero saberlo todo, Vidal —insistió Fliss.

Durante un instante, pensó que Vidal se iba a negar. Él se dio la vuelta para mirar hacia la ventana.

—Tengo derecho a saberlo —insistió ella.

Vidal suspiró.

—Muy bien, pero recuerda, Felicity, que lo único que tu madre quería hacer era protegerte.

—Nada de lo que puedas contarme cambiará lo

que siento sobre mi madre –le aseguró Fliss. Tampoco nada de lo que ocurriera podría cambiar lo que ella sentía hacia Vidal. Él se había equivocado a la hora de juzgarla, pero parecía que ella había hecho lo mismo con él. Sin embargo, el amor que le tenía permanecería como lo había sido todos esos años atrás.

Vidal se volvió para mirarla. Fliss contuvo el aliento. ¿Podría él leer en sus ojos el amor que le profesaba? Bajó rápidamente los párpados para ocultar su expresión.

–Tu madre me dijo que ella no quería que hubiera contacto alguno entre tu padre y tú. Me pidió que le prometiera que así sería. Al principio, tenía miedo de que te pudiera hacer daño. Eras muy joven y tenías una visión muy idealizada de tu padre que tu madre sabía que él no podría igualar. Más tarde, tuvo miedo de que tú pudieras, por amor filial, sacrificar tu propia libertad para estar con tu padre. Yo le prometí lo que ella me había pedido, por lo que cuando llegó tu carta...

–Se la ocultaste a mi padre. Sí, ahora lo entiendo todo, Vidal. Sin embargo, ¿por qué no te limitaste a destruirla? ¿Por qué tuviste que llevarla a Inglaterra para... para hacerme daño?

–Pensé que lo mejor sería hablar de la situación con tu madre en persona. No tenía intención alguna de hacerte daño. Simplemente quería asegurarme de que no volvías a escribir a tu padre.

–¿Y fuiste a Inglaterra sólo para decirle eso?

Vidal guardó silencio. Evidentemente, no quería responder a aquella pregunta. Inmediatamente, Fliss comprendió que había más.

–No fuiste sólo para eso, ¿verdad? ¿Qué más había?

Vidal guardó silencio durante unos instantes antes de retomar la palabra.

–Como te he dicho anteriormente, como cabeza de familia, creí que era mi deber. Tu madre había pasado unos años muy difíciles, soportando la pérdida del hombre al que amaba y la dura situación económica que tenía que soportar antes de que...

–Antes de que heredara todo ese dinero –dijo Fliss lentamente–. Dinero de una tía abuela que mi madre nunca había mencionado y a la que yo jamás conocí. Dinero que mi madre a menudo decía que agradecía por todo lo que podía hacer por mí. Dinero para comprarnos una hermosa casa en el campo que ella decía que era especialmente para mí. Dinero que significaba que mi madre no tenía que trabajar para que ella pudiera estar siempre conmigo. Dinero para enviarme a buenos colegios y para luego pagarme los estudios en la universidad. Sin embargo, no había tía rica, ¿verdad? –le desafío a Vidal–. No había testamento ni herencia. Eras tú. Tú pagaste todo...

–Felicity...

–Es cierto, ¿verdad? –preguntó ella. Se había quedado completamente pálida–. Es cierto. Tú fuiste quien compró la casa, quien pago mi educación...

–Tu madre y tú teníais todo el derecho a que yo os cuidara. Sólo estaba arreglando el mal que mi abuela os hizo. Tu madre se negó a aceptar nada al principio, pero yo le dije que eso sólo se añadiría a la culpabilidad que arrastraba la familia por no haberte dado antes algo que era tuyo de todos modos.

–He estado tan equivocada con respecto a ti... Te he juzgado tan mal...

Fliss se sentía tan agitada que se puso de pie y comenzó andar por la sala mientras se retorcía las manos de desesperación.

–No, Fliss. Simplemente has malinterpretado los hechos. Eso es todo. Soy yo el culpable de haberte juzgado mal.

–Por favor, no intentes ser amable conmigo –le suplicó Fliss–. Eso sólo empeora las cosas.

Por fin veía a Vidal como él era realmente y no a través de sus erróneas creencias. Por fin veía lo noble que era, lo honorable que era y lo vacía y diferente que hubiera sido su vida sin él.

–Quiero que te quedes la casa de mi padre –le dijo a Vidal–. No quiero dinero alguno. Es justo que yo la devuelva. Ahora, me marcho a mi casa, Vidal. En cuanto pueda.

–Felicity...

Vidal dio un paso hacia ella, lo que provocó que Fliss diera uno hacia atrás. Si él la tocaba, se desmoronaría. Lo sabía perfectamente.

–Ya no puedo seguir aquí.

–Te has llevado un shock. No es bueno tomar decisiones precipitadas.

Vidal extendió la mano. No tardaría en tocarla. Fliss no podía permitir que eso ocurriera. No se atrevía.

Dio un nuevo paso atrás. Se había olvidado de que la silla estaba allí y se habría caído si Vidal no la hubiera sujetado. Oyó los latidos de su corazón,

olió el cálido aroma de su piel. Sólo le estaba suje-
tando los brazos, pero todo su cuerpo respondía
ante el hecho de estar tan cerca de él.

Trató de soltarse de él, pero contuvo el aliento
cuando, en vez de soltarla, Vidal la agarró con más
fuerza. Ella lo miró con los ojos abiertos como pla-
tos al ver que él bajaba la cabeza. El aliento de Vidal le abrasó los labios. Un calor muy sensual se
adueñó de su cuerpo.

–No –protestó Fliss, pero su protesta se perdió
bajo la pasión de su beso.

Deseaba tanto a Vidal. Lo amaba tanto... Sin
embargo, Vidal no la amaba a ella.

–¡No! –exclamó, apartándolo–. No me toques.
No puedo soportarlo. Tengo que marcharme, Vidal.
Te amo demasiado para quedarme...

Horrorizada por lo que había revelado, lo miró
fijamente. Él estaba tan inmóvil como una estatua y
la observaba atentamente.

–¿Qué has dicho? –preguntó él.

Estaba enfadado con ella. No era de extrañar.

–¿Qué has dicho? –repitió.

Presa del pánico, Fliss dio un paso atrás,

–No he dicho nada –mintió.

–Claro que lo has dicho –afirmó él acercándose
a ella–. Has dicho que me amabas.

Fliss ya había tenido más que suficiente. Su autocontrol estaba a punto de estallar y estaba segura
de que ya se le había roto el corazón. ¿Qué importaba ya el orgullo cuando había perdido tanto?

Levantó la cabeza y le dijo a Vidal:

–Está bien, sí. Te amo. Los hijos que quiero tener, los hijos que quiero que conozcan este país,

son los tuyos, Vidal. No me culpes si no quieres sabes nada de esto, si no lo quieres oír. Tú me has
obligado a que te lo dijera.

—¿Que no quiero oír? ¿Que no quiero oír las palabras que llevo queriendo escuchar desde que tú
tenías dieciséis años?

—¿Cómo? No lo dices en serio...

—Jamás he estado tan seguro de nada en toda mi
vida —le aseguró Vidal—. La verdad es que me ena-
moré de ti cuando tenías dieciséis años, pero, por
supuesto, eras demasiado joven para el amor de un
hombre. Habría sido poco honorable por mi parte
haberte transmitido mis sentimientos en ese momento. Me dije que esperaría hasta que tú fueras
mayor, hasta que fueras lo suficientemente madura
como para cortejarte adecuadamente como mujer.

—Vidal...

—Es cierto. Por eso cometí ese error al juzgarte.
Estaba celoso. Celoso de que otro hombre se hu-
biera quedado contigo. Hice una cosa terrible,
Fliss. No te merezco.

—Claro que me mereces —replicó ella—. Si hubiera sabido lo que sentías de verdad por mí, sospecho
que habría hecho todo lo que hubiera estado en mi
mano para persuadirte de que cambiaras de opinión.

—Era eso lo que me temía —admitió Vidal—. Habría estado mal para ambos, pero en especial para ti.

Cuando Fliss comenzó a protestar, Vidal se lo
impidió.

—Eras demasiado joven. Habría estado mal, pero
al oír a ese muchacho presumir del modo en el que
lo hacía me volví loco. Me dije que la chica a la
que amaba no existía, que yo la había creado en mi

imaginación. Me dije que debería alegrarme de que
no fueras la muchacha inocente que yo había creído porque, si lo hubieras sido, mi autocontrol podría haberme traicionado y, por amor a ti, podría
haber roto la confianza que tu madre tenía en mí.

—¿Dejaste de amarme?

—Traté de decirme a mí mismo que así era, pero
la realidad fue que te deseaba cada vez más. Sólo
mi orgullo me mantenía lejos de ti, en especial
cuando tu madre murió. Tú turbabas mis sueños y
hacías que fuera imposible poner a ninguna otra
mujer en tu lugar. Me resigné a vivir sin amor y,
entonces, tú volviste a entrar en mi vida. En ese
momento, supe que todo lo que mi orgullo me había dicho sobre la imposibilidad de amarte era una
mentira. Yo te amaba pasara lo que pasara. De eso
me di cuenta la primera vez que nos acostamos, antes de que me diera cuenta de que te había juzgado
mal. Quería decirte lo mucho que te amaba, pero
sentí que estaría mal cargarte con mi amor. Quería
que tuvieras libertad para tomar tus decisiones sin
cargas del pasado.

—Tú eres mi elección, Vidal. Eres mi amor y
siempre lo serás.

—¿Estás segura de que soy lo que deseas?

—Sí —respondió ella muy emocionada.

—Soy tu primer amante.

—El único que deseo —replicó ella con fiereza—.
El único que siempre he querido y que siempre
querré.

—Espero que lo digas en serio porque no soy lo
suficientemente generoso como para darte una se-
gunda oportunidad de alejarte de mí —dijo. Cuando

vio el modo en el que ella lo estaba mirando, su voz se llenó de pasión–. No me mires así...

–¿Por qué no? –le preguntó ella con fingida inocencia.

–Porque si lo haces, yo tendré que hacer esto...

La besó apasionadamente, tanto que Fliss sintió que el deseo que él estaba despertando en ella la derretía por completo por dentro.

–Los dos nos esforzamos tanto por no amarnos, pero, evidentemente, era una lucha que estábamos destinados a perder –susurró ella cuando él dejó de besarla.

–Se trata de una lucha en la que, habiendo perdido, sé que he ganado algo mucho más valioso. A ti, cariño mío –respondió Vidal antes de volver a besarla.

¡Qué alegría sentía al saber que podía responderle de todo corazón y con todo su amor, sabiendo que él ya le había dado el suyo! Fliss siguió besándola mientras la llevaba a la cama.

–Te amo –le dijo Vidal mientras la colocaba sobre el colchón–. Te amo y siempre te amaré. Aquí empieza nuestro amor, Felicity. Nuestro amor y nuestro futuro juntos. ¿Es eso lo que quieres?

Fliss lo abrazó y le susurró:

–Tú eres lo que quiero, Vidal. Siempre lo serás.

–Quiero casarme contigo –le dijo él–. Muy pronto. Tan pronto como podamos.

–Sí –afirmó Fliss–. En cuanto podamos, pero, en estos momentos, quiero que me hagas el amor, Vidal.

–¿Quieres decir así? –le preguntó él suavemente mientras comenzaba a desnudarla.

–Sí –suspiró ella, feliz–. Exactamente así.

Epílogo

¿FELIZ?

Fliss levantó la mano para tocar el rostro de Vidal. La alianza que él le había colocado en el dedo hacía menos de veinticuatro horas relucía bajo la luz del sol. Los brillantes ojos de Felicity y la emoción que le iluminaba el rostro respondieron a Vidal sin necesidad de palabras. Sin embargo, ella lo hizo de todos modos.

—Más feliz de lo que nunca creí posible.

—¿Más de lo que soñaste ser a los dieciséis años?

Fliss se echó a reír.

—A los dieciséis, no me atreví a soñar que algún día me casaría contigo, Vidal.

Dentro de pocas horas, se montarían en el avión privado de Vidal para dirigirse a una isla tropical en la que iban a pasar su luna de miel, pero, en aquellos momentos, los dos estaban realizando una visita muy especial. Estaban recorriendo los pasos que, muchos años atrás, el padre y la madre de Fliss habían dado, acompañados de un joven Vidal.

Desde la Alhambra, se habían dirigido al Generalife, el famoso palacio de verano con su fotografiado jardín. La luz del sol bailaba en los chorros de agua de las fuentes y, cuando Vidal se detuvo junto a uno de ellos, Fliss lo miró expectante, con los ojos llenos de amor.

—Fue aquí donde vi cómo tu padre tomaba la mano de tu madre —le dijo suavemente, haciendo el mismo gesto con la mano de Fliss—. Nuestro amor será más profundo y más fuerte al conocer su historia —prometió—. Nuestra felicidad es lo que los dos hubieran querido para nosotros.

—Sí —afirmó Fliss.

Entonces, muy suavemente, abrió la palma que tenía cerrada y permitió que los pétalos de una de las rosas blancas de su ramo de novia cayeran al agua, donde flotaron suavemente.

—Liberamos el pasado y damos la bienvenida al futuro —le dijo a Vidal.

—A nuestro futuro —respondió él tomándola entre sus brazos—. El único futuro que yo podría desear.

Bianca

Nunca pensaron que aquella tormenta cambiaría sus vidas

Rescatada durante una terrible tormenta, la sensata y discreta Bridget se dejó seducir por el guapísimo extraño que le había salvado la vida. Pero ella no supo que su salvador era multimillonario y famosísimo hasta que leyó los titulares de un periódico.

El misterioso extraño no era otro que Adam Beaumont, heredero del imperio minero Beaumont. Ahora, Bridget tenía que encontrar las palabras, y el valor, para decirle que su relación había tenido consecuencias.

Hija de la tormenta

Lindsay Armstrong

Más que una secretaria

LEANNE BANKS

Maddox Communications era su
vida... hasta que permitió que una
mujer se interpusiera entre él y su negocio. Brock Maddox había sido traicionado por su amante y secretaria,
Elle Linton. Cuando al fin se enteró de
su traición además descubrió que ella
había estado ocultándole un gran secreto: estaba embarazada.

Brock se juró que no dejaría que nada
más se escapara a su control y dispuso que Elle se casara con él. Sin embargo, Brock sabía que podía sucum-
bir en cualquier momento al atractivo
de su encantadora esposa .. si se atrevía a escuchar su corazón.

*¿Qué decisión tomaría el importante
hombre de negocios?*

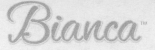

Bianca™

Poseída por la pasión…. en la cama matrimonial

El tango era un baile ar-
gentino de posesión y pa-
sión… y el magnate Rafael
Romero quería que su matrimonio de conveniencia con
Isobel se ajustara a los cáno-
nes de ese baile. Primero, iba
a casarse con ella; después,
la llevaría a la cama matrimonial para hacerla suya.

Isobel no tenía elección,
debía casarse con Rafael. Sin
embargo, su intención era
seguir siendo libre como un
pájaro…

Danza de seducción
Abby Green